HAYMON verlag

Christoph W. Bauer

In einer Bar unter dem Meer

Erzählungen

INNS'BRUCK  Gefördert von

Gedruckt mit freundlicher Unterstützung durch die
Kulturabteilungen der Stadt Innsbruck und des Landes Tirol.

Auflage:
4   3   2   1
2016 2015 2014 2013

© 2013
HAYMON verlag
Innsbruck-Wien
www.haymonverlag.at

Alle Rechte vorbehalten. Kein Teil des Werkes darf in
irgendeiner Form (Druck, Fotokopie, Mikrofilm oder in einem
anderen Verfahren) ohne schriftliche Genehmigung des Verlages
reproduziert oder unter Verwendung elektronischer Systeme
verarbeitet, vervielfältigt oder verbreitet werden.

ISBN 978-3-7099-7088-1

Umschlag- und Buchgestaltung, Satz:
hœretzeder grafische gestaltung, Scheffau/Tirol
Umschlagbild: www.shutterstock.com/holbox

Gedruckt auf umweltfreundlichem,
chlor- und säurefrei gebleichtem Papier.

„Und glaub ich noch ans Meer,
so hoffe ich auf Land."
Ingeborg Bachmann

Zwei plus eins

Der Tag, an dem ich für verrückt erklärt wurde, war der zweitglücklichste Tag meines Lebens. Dabei begann er alles andere als verheißungsvoll. Ich erwachte mit schwerem Schädel, quälte mich aus dem Bett und hinaus auf den Gang, wo ich über ein Fahrrad stolperte. „Schau an", sagte ich, „schau an, ein Fahrrad, ja, wem mag wohl dieses Fahrrad gehören", war mittlerweile im Bad und vorm Spiegel, aus dem ein Gesicht mir auf den Kopf zu sagte: „So weit hast du es also gebracht." Die mir seit Jugendtagen vertraute Anrede hatte mich nicht schrecken können, dennoch war ich nahe daran, die Kontrolle über meinen Schließmuskel zu verlieren. „Was ist los", fuhr mein Gegenüber fort, „hat es dir die Rede verschlagen? Wäre es dazu nicht schon viel früher an der Zeit gewesen? Nun beginnt es zu arbeiten hinter deiner Stirn, ich sehe es dir an."

Zu arbeiten begann es vor allem in meinen Oberschenkeln, sie leiteten ein Zittern ein, das bald den ganzen Körper erfasste. Ich ging etwas in die Knie, Hände am Beckenrand, Kinn zunächst nach unten, dann in Gegenbewegung –

„Gut, ich will dir auf die Sprünge helfen", hatte mein Vis-à-vis mich wieder unter Kontrolle. „Du hast es gestern Abend erneut verabsäumt, dich zu überraschen, was deinem Dasein vielleicht keinen Halt gegeben, ihm aber zumindest die Haltlosigkeit genommen hätte."

Mich schwindelte, ich tastete nach dem Kaltwasserhahn, hielt die Hände unter den Strahl. Nur bedingt wurde mir klarer, mutmaßlich jedoch aufgrund der Frage:

„Blond, schwarzhaarig?"

Ich stürmte aus dem Bad, sie war brünett, doch das spielte nun wirklich keine Rolle, ich stieß mich abermals am Fahrrad, wichtiger war, ob sie – fluchend trat ich ins Schlafzimmer, sie schrak auf, sah mich verstört an, was mich kurz aufatmen ließ. Hätte sie mich dann nicht angelächelt, wäre mein Problem zwar nicht gelöst, aber immerhin vereinfacht gewesen, so jedoch hatte ich ein doppeltes, denn nun war ich augenscheinlich zwei. „Du kennst mich also", keuchte ich, ihr Lächeln fror ein, sie schlug die Bettdecke zurück. Sie stand auf, sammelte ihre auf dem Fußboden verstreuten Kleidungsstücke ein.

„Versteh mich bitte nicht falsch", stockte ich, „ich kenne dich ja auch, aber –"

„Was du nicht sagst", unterbrach sie mich, schloss ihren BH. Mir war zum Schreien, sie kapierte einfach nicht, linkes Hosenbein, rechtes, sie zog das T-Shirt verkehrt herum an. „Mona", sagte ich – „Ach, meinen Namen kennt er auch" – „Mona, hör auf mit dem Unsinn, schau mich doch an: Das bin nicht ich."

„Das wünschst du dir nur", erwiderte sie, maß mich mit spöttischem Blick. Um mich irgendwie zu bedecken, griff ich zum Polster, warf ihn zurück aufs Bett, hatte andere Sorgen. „Jetzt pass mal auf, Johannes Strammer", fuhr sie fort, „wir wollen kein Drama aus der Sache machen. Warum nicht, das haben wir uns gestern Nacht in der Bar gefragt und sind dann in deinem Bett gelandet. Ein gemeinsames Frühstück hätte ich mir noch erwartet, mehr nicht. Also komm mir nicht mit Sprüchen, es entspräche nicht deiner Art, gleich mit jeder und so weiter, denn eigentlich wärst du ja ganz anders."

„Dein T-Shirt", sagte ich und sie, „fick dich selbst", ich konnte kaum mit ihr Schritt halten, folgte ihr auf den Flur, brüllte: „Dann nimm wenigstens dein beschissenes Fahrrad mit." Es gehöre nicht ihr, entgegnete sie, die Wohnungstür fiel ins Schloss.

Ich müsste lügen, wenn ich behauptete, dass ich mich in diesen Momenten besonders wohl gefühlt hätte in meiner Haut. Andererseits spürte ich mit dem Zufallen der Tür eine an Aberwitz grenzende Heiterkeit in mir aufsteigen. Diese fand Untermalung im Ton der Fahrradklingel, die ich nun wie wild betätigte, was ich erst unterließ, als mir der Daumen wehtat. Ich trat wieder ins Bad, „wer sein Gesicht verliert, ohne dass ein anderer es merkt, dem bleibt eben nur noch eine Option", wurde ich empfangen. Irrtum ausgeschlossen, wer auch immer mir da entgegenblickte, ich war es nicht. Wie also konnte Mona sich so täuschen, fragte ich mich, hörte mein Gegenüber indes sagen: „Tu es ihr lieber gleich. Und ich meine das nicht auf deine Frage bezogen."

Mag sein, dass die Zurechnungsfähigeren unter Ihnen mich längst der Obhut fachlich ausgebildeter Kräfte anempfohlen hätten. Mir aber reichte die ausweichende Antwort meines Gegenübers nicht aus, mich meines Verstands für verlustig zu erklären. Im Gegenteil, ich fing an, das Gesicht zu erkunden, vorsichtig grimassierend zunächst, bohrte ihm alsdann in der Nase, linkes Ohr, Zunge rechts, furchteinflößendes Fletschen, rechtes Ohr, Zunge links, kraftvolles Zähneblecken, armer schwarzer Kater, wiederholte mein Vis-à-vis dreimal, forderte mich damit heraus zum Blickduell. Ich war ein Trottel, und was ich sah, hat mich zu zwei Trotteln gemacht, erinnerte ich plötzlich einen Vers von Rafael Alberti, konnte es kaum fassen, mein Gegenüber gab auf. Und entließ mich in eine Leere, wie sie nur das Glück auslösen kann, indem es einen für Sekunden von allem befreit. Ohne Mitleid für die Visage, die sichtlich noch unter dem Eindruck Albertis stand, verließ ich also das Bad.

Pissgelb, wie es sonst beschreiben, pissgelb und hässlich war das Fahrrad, es sah nicht aus wie eines, das man abzusperren, geschweige denn in eine Wohnung mitzunehmen hätte. Und auch wenn es absolut nicht zu Mona passte, es musste ihr gehören, so zielstrebig wie sie gestern Nacht darauf zugesteuert war. Da ich ihre Telefonnummer nicht hatte, rief ich ihren Ex an, mit dem mich eine langjährige Freundschaft verband. War froh, dass er erst nach der Auskunft fragte, was ich von der blöden Schnalle wolle, ich verwies auf die schlechte Verbindung, verfiel in alte Denkmuster, legte auf. Mach dich locker, Strammer, dachte ich, mach dich locker, und das war ein Rückfall in ganz alte Zeiten. Zwar blieben mir noch drei Stunden bis zum Vorlesungsbeginn, aber mein soeben an den Tag gelegtes Verhalten riet mir, rasch den geschützten Raum zu verlassen. Auf eine Dusche verzichtete ich aus nachvollziehbaren Gründen, kleidete mich an, und dann nichts wie raus.

Clochard klingt gut, meint aber auch nur Penner, stolz auf diesen Geistesblitz grüßte ich die abgerissene Gestalt, die mir jeden Tag in meiner Straße begegnete, ging die Häuserzeile entlang, vorbei am Supermarkt, dann durch einen kleinen Park. Hier hatte Mona gestern das Rad mitgenommen, ich schrieb ihr ein SMS, verrücktes Weib, dachte ich. Die Euphorie, binnen kurzem gleich zweimal illuminiert worden zu sein, trieb mich ins Stadtzentrum, jetzt wollt ich's wissen, um es weniger esoterisch zu formulieren. Ich bog in die Fußgängerzone ein, die Straßencafés waren bereits gut besucht, Panflöten-Seufzer stiegen auf,

El cóndor pasa im Halb-Playback. Welchen Vogel muss man haben, um an dieser Szenerie Gefallen zu finden, ich sah gut zehn Meter von mir entfernt einen Punk mit hübsch lackierten Spikes. „Johnny Thunders lebt!", schrie ich in seine Richtung, er sah mich gelangweilt an, „na, Johnny Thunders", wiederholte ich, intonierte, „Baby, I'm born to lose", der Irokese tippte sich an die Stirn. Von nun an gab es für mich kein Zurück.

Ich ging zur Universität, die noch verbleibende Zeit bis zur Vorlesung verkürzte ich mir mit Zigaretten, fragte mich, wann ich mit dem Rauchen angefangen hatte und warum, sah mich als Jugendlicher mit gelbgefärbten Haaren einem Freund meine erste Tätowierung erläutern und darüber staunen, dass er meiner Haut zunächst etwas anderes hatte ablesen wollen. Ich spürte ein Jucken und rieb mir immer noch den Oberarm, als ich endlich den Hörsaal betrat, wo man mich bereits erwartete.

„Meine Damen und Herren, ich will mich kurz halten: Ich bin ein Trottel, und was ich vor mir sehe, macht mich zu vielen Trotteln. Welche Lehre ziehen Sie daraus für Ihr Leben? Keine, wie ich befürchte. Denjenigen unter Ihnen, die selbst diese Sätze noch mitschreiben, ist wohl ohnehin nicht mehr zu helfen. Dabei mangelt es auch diesen Fleißigsten unter Ihnen nicht an jenem Häppchen Intelligenz, an dem der Entschluss fett werden könnte, jetzt einfach den Hörsaal zu verlassen. Doch Sie bleiben, sind darauf konditioniert, Ihre Mindmaps zu füllen, so wie ich darauf konditioniert bin, Ihnen das Futter dafür zu liefern, und verzeihen Sie das abgestandene Bild, Pawlow'schen Hunden gleich wedeln wir mit dem Schwanz und verfügen über eine erstaunliche Kondition, um unsere Leistung auf dem Platz zu zeigen. Diese Phraseologie des Sports, an der man sich belustigen kann, wenn ein Fußballspieler beichtet, dass es der Mannschaft nicht gelungen sei, ihr Potential abzurufen, geht einem altbackenen Begriff an der Leine, der Demut. Die ist als frömmelnde Maske des Christentums bekannt geworden, wir unterscheiden zwischen falscher Demut, der es um Effekthascherei geht, und unechter Demut, die der servilen Gesinnung entspringt, dem Kriechertum. Letzteres ist uns ins Gesicht geschnitten, ob hohlwangig oder feist, wir knien ab vor dem Bild, das wir von uns haben und nach dem wir unsere Möglichkeiten ausrichten, wir erwarten von uns dies und das, denn das sind wir uns schuldig – ja was? Und als Antwort darauf erstellen wir Anforderungsprofile, kippen verbrämte Eigenschaften ins Netz, grinsen uns allerorten entgegen und ruinieren jedes innere Aufmucken mit Sprüchen. Arm, fröhlich und Sklave, um es mit Nietzsche zu sagen. Der eine philosophiert mit dem Hammer, der andere mit der Moralkeule, beides ist lächerlich, solange er es nicht weiß. Gut gebrüllt, Strammer, gut, aber was hat das alles mit dem Gegenstand unserer Vorlesung zu tun, mit der Kunstgeschichte, mögen Sie einwenden. Und ursprünglich wollte ich mit Ihnen heute über Il narciso di Caravaggio sprechen, jenes Gemälde, in dem der Künstler – ach, wissen Sie was, schauen Sie es sich doch selbst an! Denn ich wollte mich ja kurz halten, Sie erinnern sich bestimmt noch an meinen ersten Satz. Nehmen Sie ihn persönlich, nehmen Sie ihn so persönlich, wie Sie nur irgendwie können. Aber wahrscheinlich lässt sich auch das missverstehen. Dass ich verrückt bin, wurde mir im Übrigen heute bereits diagnostiziert, geben Sie sich diesbezüglich also keine Mühe.

Ich verließ den Hörsaal, die Uni, betrat mein Stammcafé, setzte mich an einen der Fenstertische, ein Blick zur Seite genügte. „Eine Melange wie immer?", fragte die Kellnerin, „einen Schnaps", sagte ich, „und einen für meinen Begleiter." Sie zog verwirrt ab, kam aber tatsächlich mit zwei Schnäpsen zurück an meinen Tisch. Ich bestellte eine weitere Runde, bezahlte vier Schnäpse, „alles in Ordnung bei Ihnen?", zeigte sich die Kellnerin besorgt, „wer von Ihnen will's wissen?", fragte ich und ging.

Richtung Stadtzentrum, in die Fußgängerzone, El cóndor pasa, meine Seufzer. Mona hatte sich immer noch nicht gemeldet, ich rief sie an, „lass es gut sein", so eröffnete sie das Gespräch. Dass ich genau das tue, wollte ich entgegnen, doch sie: „Und wegen dem Fahrrad, es ist wirklich nicht meins. Irgendwer wird es brauchen, stell es einfach wieder dorthin, von wo du es mitgenommen hast. So zielstrebig wie du darauf zugesteuert bist, habe ich gar nicht daran gedacht, dass es nicht dir gehören könnte, wobei die Farbe, naja, aber gedacht habe ich gestern wohl ohnehin nicht viel. Leider. Sei's drum."

„Sei's drum oder leider?", hakte ich nach, in ihrem Hintergrund erklang Musik, „sag, sind das die Heartbreakers?", fragte ich. „Komm mir nicht auf diese Tour", erwiderte sie und legte auf. Mit dem Besetztzeichen im Ohr spürte ich eine an Aberwitz grenzende Heiterkeit in mir aufsteigen, diese Wiederholung, dachte ich, streckte zuerst den Mittelfinger in die Höh, gesellte ihm dann den Zeigefinger hinzu, stand breitbeinig in der Fußgängerzone und grölte: „Victory!" Der Punk vom Vormittag kam des Wegs, wieder schwer um jene Haltung bemüht, die er von sich erwartete, und als wollte er sich nun solidarisch mit mir erklären, hob er grimmig die linke Faust, es gibt Menschen, die völlig daneben sind, dachte ich. Doch nur kurz durfte ich mich dieser Erkenntnis erfrischen, die so ganz nebenbei meinem bisherigen Leben das ideologische Geläuf entzog, denn eine ältere Dame tippte mir sanft auf die Schulter und meinte: „Ich will mich ja nicht in ihr Privatleben einmischen, junger Mann, aber Sie stehen im Weg." Ich bedankte mich höflich, „Ihr Hinweis ist Goldes wert", sagte ich, er schaffe Freiräume und sollte jeder und jedem nach einem arbeitsreichen Tag auf den Heimweg mitgegeben werden. „Was glauben Sie, wie gut Beziehungen dann funktionieren", fügte ich hinzu. „Nun ist aber Schluss", mischte sich ein Herr im Anzug ein, „was machen Sie hier für ein Theater? Moment mal, Sie sind doch, ich kenne Sie" –

„Kann nicht sein", unterbrach ich ihn, „sonst hätten Sie mir was voraus." Er zog schweigend ab, und ich formte die Finger abermals zum Victory-Zeichen.

Wieder in meiner Straße, ich im Supermarkt, in Händen zwei Dosen Bier, klar, warum, mein Plan vordergründig, die Frau an der Kassa machte ihn in gewohnt privatem Ton zunichte: „Holst dir eine Dritte. Zwei plus eins gratis." Heute weiß ich, dass in diesen Momenten meine Zukunft auf dem Spiel stand. Und es mag ein Wink des unsterblichen Johnny Thunders gewesen sein, der mich eine dritte Dose mitnehmen ließ.

Auf den letzten Metern zu meiner Wohnung holte mich der Schnaps ein, verlieh mir eine ungeheure Geschmeidigkeit im Knie, ich tanzte dem Penner förmlich in die Arme. „Johnny Thunders lebt", sagte ich, drückte ihm die Dosen in die Hand, hörte ihn mir nachrufen, „aller guten Dinge sind drei", ich war nüchtern wie selten zuvor.

In meiner Wohnung griff ich mir das Fahrrad, brachte es zurück in den Park, die Hand noch am Sattel, ließ ich den Tag Revue passieren, Alberti fiel mir ein. Ich dachte an die vergangene Nacht, und da war plötzlich wieder diese Leere, wie ich sie schon einmal gespürt hatte an diesem zweitglücklichsten Tag meines Lebens.

Der Rest ist rasch erzählt, weil schlüssig, sprich völlig normal. Ich ging nachhause, sofort ins Bett, und als ich am nächsten Morgen erwachte, war die Welt um ein paar Monate älter. Da ich zunächst nicht das Gefühl hatte, etwas zu versäumen, verbrachte ich den ganzen Tag daheim. Abends aber rief ich Mona an und fragte sie, ob sie sich mit mir treffen wolle, sie überraschte mich mit einer Zusage. Also zog ich mich an, ging ins Bad, grüßte mein Gegenüber, „ich bin nicht ich", sagte ich, „aber du bin ich auch nicht." Dann verließ ich die Wohnung, schlenderte stadteinwärts, hielt plötzlich inne. Sah schon von weitem, was da auf mich zukam, immer näher rückte, nun vor mir stand: „Herr Doktor Strammer, erkennen Sie mich denn nicht wieder? Ich war vor Ihrer Suspendierung einer Ihrer Studenten", sagte ein junger Mann und: „Ich war Ohrenzeuge Ihrer abstrusen Rede, die allen im Hörsaal offenbarte, was für ein – mit Verlaub – Narziss Sie doch sind." Ich aber hatte nur Augen für das Pissgelb an seiner Seite. „Schönes Fahrrad", sagte ich.

Die Meidlinger

Die Meidlinger wurde zum Problem. Stets kam sie zu spät, malte sich schrille Farben ins Gesicht und kleidete sich schrecklich, vor allem aber: Sie rauchte. Sich die Lunge zu ruinieren, war ihre Sache, nicht jedoch, dass sie dies während der Arbeitszeit tat. Ihr Schreibtischgegenüber, Raimund Gritschler, hatte mehrmals mitgestoppt: Sieben Minuten verqualmten ungenützt. Und da dies stündlich geschah, läpperte sich einiges zusammen, die Summe der an die Sucht verplemperten Zeit belief sich pro Monat auf eine Stundenanzahl von achtzehnkommasechsperiodisch.

Dessen ungeachtet hielt die Betriebsspitze an ihr fest, was in der Belegschaft noch am ehesten Raimund Gritschler verstand. Wieder einmal aus dem Chefbüro zurück an den Schreibtisch verwiesen, sagte er abends zu seiner Frau: „Der will mich fertigmachen, der überträgt mir die Prokura nie. Die Meidlinger wird das zu verhindern wissen, hinter der steht er, der Fatzke. Zweieinhalb Tage weniger arbeitet sie im Monat, rechne dir das mal hoch aufs Jahr! Aber Narrenfreiheit hat sie, Narrenfreiheit!" Er solle sich nicht so dick Butter unter die fette Wurst schmieren und an seine Blutwerte denken, mahnte seine Frau sanft, wenn es doch wahr sei, er darauf. Er hackte die Zähne ins Brot, kaute angestrengt und säbelte die Luft mit dem Messer in Scheiben. Mit vollem Mund fluchte er: „Du kennst ihn doch, den Prack!" Krümel sprühten über seine Lippen, Gudrun Gritschler nickte, um die Sache nicht unnötig in die Länge zu ziehen. Und tatsächlich war Egon Prack aus ihrem Leben nicht mehr wegzudenken. Jeden Tag sprach Raimund von ihm, in hastigen Sätzen, die zur Geräuschkulisse anschwollen, jäh abbrachen und in minimaler Variation des bereits Gesagten Fortsetzung fanden. Kein Wochenende ohne Prack, kein Feiertag, selbst in den Urlaub fuhr der Chef mit. Mittlerweile galt er ihr, obschon sie ihn nie zu Gesicht bekommen hatte, als Musterfratze aller Firmenleiter, zynisch, korrupt, manipulativ, schlicht Prack.

„Weißt du, was er sich nun wieder hat einfallen lassen, der Herr und Gebieter?" Raimund griff nach einer Essiggurke, Gudrun tupfte Brösel vom Teller, steckte den Finger in den Mund. „Zur überflüssigen Montags-KS eine zusätzliche SK am Freitag, ja, da haben wir anzutanzen, wir Provinzstatthalter von Pracks Gnaden!" Bilder stiegen ihm in den Kopf, das Großraumbüro, der fensterlose Besprechungsraum, in dem jeden Montag von acht bis neun die Kompetenzsitzungen stattfanden, rein dazu da, den Mitarbeitern das letzte Fünkchen Wochenendlaune auszutreiben. Prognosen wurden erstellt, Kalkulationen verworfen, und keiner startete in die Woche ohne Blick auf Extrapolationskurven, die nur einen Schluss zuließen: Die Konkurrenz war immer besser. Er hasste diese Kolloquien, und der Gedanke an freitägliche Strategiekonferenzen, für die Prack Open End festgelegt hatte, versetzte seinen Darm in Aufruhr. „Und wer wird die SK stündlich verlassen, wer?" Raimund biss in die Gurke, „knackig", sagte er.

Als sie, auf die Raimunds Zorn sich konzentrierte, vor drei Jahren bei *Prack Leading Innovations* angefangen hatte, war alles noch ganz anders gewesen. Denn zunächst hatte Raimund von Simone Meidlinger geschwärmt, eine wahre Bereicherung sei sie für den Betrieb, verkörpere geradezu das Firmenleitbild der nachhaltigen Ressourceneffizienz zum Wohle der Gesellschaft. Unglaublich flink sei sie in der Kunden-Akquirierung, wisse jegliche Fortschrittsbremse aus der Blockade zu lösen und auf die Unabdingbarkeit von Inline-Prüfungen und Echtzeit-Monitoring hinzuweisen, bekanntlich die Schlüssel zur wettbewerbsfähigen Produktion. Gudrun hatte keine Ahnung vom Arbeitsfeld ihres Mannes und die Meidlinger nie persönlich kennengelernt. Dennoch war in ihr Genugtuung aufgekeimt, und sie hatte Raimunds einsetzenden Sinneswandel indirekt unterstützt, mit vermeintlichem Verständnis seine Arbeitskollegin in Schutz genommen, was ihn in immer größere Rage gebracht hatte. Und bald war die Meidlinger als mannstoller Teufel mit toupierten Haaren an die Wand gemalt gewesen, nuttig gekleidet, grell lackiert die Fingernägel, passend dazu ihr Lippenstift.

„Sauer macht auch nicht lustig", sagte Raimund, leckte sich Essig von den Fingern. Gudrun sah ihren Mann an, und mit einem Mal war er ihr unsympathisch. Sie stand auf, räumte das Geschirr ab, ein Glas glitt ihr aus der Hand, zersplitterte, schuld daran die Meidlinger. Jeden Abend saß sie bei ihnen am Tisch, kroch unter ihre Bettdecken, schaute ihnen beim Frühstücken zu! Raimund erhob sich seufzend, kurz darauf erklang im Wohnzimmer die Stimme eines Schauspielers, der für eine Kaffeesorte warb.

Wusste Gudrun Gritschler nicht weiter, fragte sie Schubert um Rat. Seine Musik machte sie klüger, mal auf melancholische Art, dann auf heitere. Ein Wissenszuwachs, der ihr das Leben verschönte, wer solchen Harmonien lauschen durfte, brauchte eigentlich nicht unglücklich zu sein. Sie pfiff *Die Forelle* vor sich hin, das *Heidenröslein*, verrichtete dabei den Haushalt oder saß in der Straßenbahn, unterwegs zu einer Freundin, in deren Boutique sie zweimal die Woche aushalf. Vor allem *Der Fischer* hatte es ihr angetan, das Lied erinnerte sie an die Anfangszeit mit Raimund, jede freie Minute waren sie hinausgefahren aus der Stadt, Spaziergänge an Bächen und um Seen herum, sich selbst genug.

Seit sieben Jahren waren sie nun verheiratet, lebten in einer schönen Wohnung mit hohen Räumen und Parkettböden, beheizbar die Loggia, in der sie die Mahlzeiten einnahmen, vier Jahre ohne die Meidlinger. Bisweilen war ihr diese Frau so zuwider, dass sie sich vorstellte, ihr eines Nachts aufzulauern und – aber solche Gedanken verscheuchte sie rasch, sang Schubert und rauschte mit dem Wasser, sah einen Fischer, den eine Nixe in die Tiefe lockte. Ihre Stimme nicht klassisch ausgebildet, aber von einem natürlichen Timbre, mit dem sie im Kirchenchor wie im Bekanntenkreis zu begeistern wusste. Dort war die Meidlinger längst ein Begriff, man rümpfte die Nase, wenn die Rede auf sie kam.

Auch ihre Freundin war voll Aversion, Pracks Flittchen nannte sie Raimunds Kollegin, was Gudrun verhalten abwehrte, der Prack sei verheiratet und Vater zweier Töchter. „Die vögelt den, das geb ich dir schriftlich", hatte ihre Freundin neulich nachgelegt, Gudrun glättete Blusen und Hemden, lächelte verstohlen. Sie liebte das Landleben, und in der Boutique wurde Mode für dieses angeboten. „Röslein, Röslein, Röslein rot", sie klappte das Bügelbrett zusammen, schaute zum Fenster hinaus.

Dicke Flocken, von sanften Windstößen gebauscht zu einem Schneevorhang, hinter dem der Verkehrslärm verebbte. War immer dasselbe, Schnee Ende November und Märztemperaturen an den Festtagen, heuer würde sie Raimund etwas Besonderes schenken. Sie wusste noch nicht was, aber etwas Besonderes musste es sein. Wenn er doch endlich die Prokura kriegen würde! Alles wäre einfacher dann, Gudrun hauchte an die Scheibe. Jetzt Freitagssitzung und Prack in Endlosmonologen, sie zeichnete ein Gesicht mit wallender Mähne ins Glas, „Strichweibchen", kicherte sie. Mit dem Ärmel wischte sie die Zeichnung weg, der Dreck getilgt, die Fahrbahn ein strahlendes Band.

„Wozu gibt es Salz, wenn die Deppen es nicht verwenden!" Raimund klammerte sich ans Lenkrad. Warum bloß hatte er sich dazu breitschlagen lassen, Weihnachtseinkäufe im November! Die Sicht schlecht, Schneewechten, der Scheibenwischer quietschte. Neben ihm Gudrun, Mütze tief in der Stirn, ihre Nasenspitze lugte über den Schal, den sie ganzjährig trug, um sich nicht die Stimme zu ruinieren. „Die Meidlinger küsst gerne und nicht nur die Lippen ihres Mannes", hörte er sich plötzlich sagen. „Seit wann ist die denn verheiratet?", Gudrun gedämpft. „Keine Ahnung, ist sie nicht, was weiß ich, ist mir gerade so eingefallen." Der Blinker klickte, Raimund fuhr den Wagen in die Parkgarage.

Zwei Stunden über Wühltischen, zwischen geröteten Wangen und von Kappen zerrupften Frisuren. Drei Schritte zur Seite, vier nach vorn, Raimund stand mal hier, mal dort, die Hände in den Manteltaschen vergraben. In einem fort pflückte sein Blick Lametta von der Decke, Sterne in Bonbonfarben, dazu Turmbläsermusik in moderne Beats vergarnt, wem gefiel so was? Pracks Worte schraubten sich ihm durchs Ohr, wie hatte er doch bei der gestrigen Sitzung geprotzt, zum Unternehmer des Jahres werde er gekürt. Heute Abend ein Bericht darüber im Fernsehen. Verzichtbar! „Kommst du?", fragte Gudrun und zog ihn ins nächste Geschäft.

Eiszapfen über die Fußgängerzone gespannt als Lichterkette, Geruch nach Fett und Fusel. Ein Weihnachtsmann kurbelte unermüdlich, „keiner mag ihn hören, keiner sieht ihn an", klagte Gudrun. Es ging bereits gegen halb fünf, als ihr Elan vor seiner Drehorgel erlahmte. Nun wollte sie in ein Café, zu Raimunds Verdruss, er saß oft genug an einem Tisch, der nicht ihm gehörte. Und er mochte keine Orte, die ihn unfreiwillig zum Mitwisser machten, in Gasthäusern unterbrach Geschmatze den Redefluss. Wut verkrampfte ihm den Nacken, er beutelte sich den Schnee von den Schultern, die Woche hart, einen Riesenauftrag hatte er vergeigt. Salzränder im Leder seiner Schuhe. Prack hatte ihn heruntergeputzt, er solle nicht immer andere vorschieben, Raimund öffnete Gudrun die Tür.

Das Lokal überheizt, in den Fensterecken Kondensflecken. Gudrun bestellte Tee, ihm war nach einem Pils, über seinen Scheitel schwappten Stimmen, Gelächter in unkontrollierbaren Wellen. Worte formten sich zu blubbernden Wassersäulen, ihm war, als befände er sich in einem Aquarium, Menschen schwebten an ihm vorbei. Aus ihren Mündern sprudelten Sätze, soeben noch Beschwörungsformeln, versumsten sie in Gelaber, oberflächlich, unergründlich zugleich. Wirr wie Pracks Personalpolitik, seit Jahren vertröstete er mit Versprechungen, machte ihn zum Wicht unter Wichten. Um Gudruns Finger ein Angelfaden, sie zog den Beutel aus dem Glas, Raimund schnappte nach Luft. „Dort drüben sitzt sie", haspelte er, „sieh nicht hin!"

Bereits im „Wer?" wandte Gudrun den Kopf, erblickte eine zierliche Frau, die sich das dünne Haar zum Zopf band, das auf dem Tisch liegende Handy fixierte. „Die Meidlinger", hörte sie ihren Mann, schaute ihn fassungslos an. Geflissentlich studierte er die Getränkekarte, die Lippen gespitzt und um eine Melodie bemüht, die an ein Kinderlied erinnerte, völlig lächerlich klang. „Die sieht ja wirklich ganz so aus, wie du sie immer beschrieben hast", zischte Gudrun, ihm stieg Röte ins Gesicht, und noch nie zuvor war ihr Simone Meidlinger derart verhasst gewesen wie in diesem Moment. Aus dem Augenwinkel beobachtete sie die Frau, die nun lächelnd einen Anruf entgegennahm, während des Telefonierens der Kellnerin winkte und Münzen aus ihrer Geldbörse klaubte. Ohne das Gespräch zu unterbrechen, zahlte sie, schlüpfte in einen dicken Anorak, wohl unterwegs zur Arktis, dachte Gudrun, riss Raimund die Karte aus der Hand. Ihm schien, ihre Lippen wären dünner jetzt, das Kinn spitzer. Da öffnete sich ihr Mund, „und wie er sitzt und wie er lauscht, teilt sich die Flut empor", Gudrun lachte, „was soll das?", fragte er. Keine Ahnung, erwiderte sie, sei ihr gerade so eingefallen. Und dass sie was besorgen wolle, dabei könne sie ihn wahrlich nicht brauchen, sie zwinkerte ihm zu. Er möge schon nachhause fahren, sie nehme später den Bus.

Raimund sah ihr nach, dann zum Platz, an dem die Meidlinger gesessen hatte, unterm Tisch kleine Pfützen, er spürte die Nässe in seinen Schuhen, ihn fröstelte. Er fasste sich an den Hals, fühlte den beschleunigten Puls, vielleicht sollte er auch gleich – Weihnachten kam doch immer rascher, als man meinte. Und die Wochen bis dahin würden schwierig werden, Zeit zum Einkaufen bliebe kaum. Unternehmer des Jahres! Raimund verzog das Gesicht, dachte an die Meidlinger, an Gudrun, griff zum Glas.

Das Telefon zwischen rechter Schulter und Ohr eingeklemmt, in der Linken eine Zigarette, Simone Meidlinger stand vorm Kaffeehaus. Lachend legte sie auf, steckte das Handy in die Anoraktasche und zog sich die Kapuze über den Kopf. Vorbei am orgelnden Weihnachtsmann, dichter Schneefall jetzt, seine Mütze so weiß wie sein Bart. Kinder umtanzten ihn, quiekten vergnügt, irgendwoher eine Stimme, die sie zur Räson rief. Im Gehen zündete die Meidlinger eine neue Zigarette an, doch rasch löschten die Flocken die Glut. Ihre Schritte wurden länger, zielstrebig betrat sie eine Gasse. Eine Turmuhr schlug fünf, Gudrun keuchte. Blau leuchtete der Namenszug eines Lokals.

Musik nieselte aus Boxen, zerstäubte im spärlichen Licht, dunkles Inventar, zwei Frauen auf Barhockern, ihre Lippen umschlossen Strohhalme. An der Theke ein Mann im Anzug, Krawatte, Mitte vierzig, glattrasiert. Er umarmte Raimunds Arbeitskollegin, Gudrun nahm neben den beiden Platz, das müsse doch gefeiert werden, schwatzte er, in Sektflöten Perlen. Plötzlich stand ihr Raimund vor Augen, sein zur Melodie geformter Mund, „knackig", sagte er, so laut, dass sie sich die Hände vor die Ohren hielt. Kurze fleischige Finger griffen ihr in den Blick, sie schaute den Barkeeper an. Seine niedere Stirn von braunen Locken umrahmt, auf der stumpfen Nase eine Brille, sie löste sich auf wie ein Akkord, und der Kellner wurde zum Fremden, was er servieren dürfe, fragte er. Sie dachte an den nichtgetrunkenen Tee, bestellte ein Pilsner, Gläser klirrten, Ehre, wem solche gebühre, sagte die Meidlinger. Der Glattrasierte feixte, was wäre Königsstärke ohne Kraft aus den Provinzen, Gudrun verschluckte sich. Er müsse gleich los, fuhr er fort, vielleicht bis später? Schon streifte er den Mantel über.

Weiß, alles weiß, Schnee stürzte aus dem Himmel, Schuhabdrücke zwangen Gudrun in ein anderes Schritttempo. Wind setzte ein, sie stemmte sich dagegen, gut zwanzig Meter vor ihr, kaum noch zu erkennen in der Flockenwand, die Kapuze, der dicke Anorak. Böen rüttelten an Laternen, rissen Schnee von Autodächern, Gudrun verlor die Orientierung, kämpfte sich voran. „Gib deine Hand, du schön und zart Gebild", glaubte sie zu hören, und der pulvrige Nebel lichtete sich wieder.

Als sie in der Wohnung eintraf, saß Raimund vor dem Fernseher, Zorn verzerrte ihm die Gesichtszüge.

„Schau ihn dir an, den Großkotz, in Zurückhaltung übt er sich, hat Kreide gefressen", schimpfte er. „Das ist doch reines Fishing for Compliments, nichts anderes!"

Gudrun sah Egon Prack beim Interview, Mitte vierzig, glattrasiert. „Sie sprach zu ihm, sie sang zu ihm, da war's um ihn geschehen", trällerte sie, küsste Raimund auf den Mund. Er wich zurück, ihre Lippen fühlten sich nass und kalt an, doch ihre Zunge forderte die seine. Sie schaltete den Fernseher aus, „und jetzt will ich mit dir schlafen, sofort!"

Sonntags blieben sie länger im Bett, frühstückten hernach ausgiebig. Sie besprachen die am Vortag getätigten Einkäufe, lachten über Santa Claus an der Leier. Für ihre Freundin müsse sie sich was einfallen lassen, sagte Gudrun, er dachte an den Schal, den er noch besorgt hatte, nachdem sie im Kaffeehaus so plötzlich aufgebrochen war. Sie schien ihm verändert, schöner als je zuvor, er war glücklich wie seit langem nicht. Er suchte nach keiner Erklärung, brauchte er nicht, lehnte sich ans Fenster, Kavaliersschmerzen, er grinste. Schnee glitschte von den Dächern, schlug schwer auf die Gehsteige, Fräsen lärmten, die Straße schimmerte ölig braun. Sie entschlossen sich zu einem Spaziergang außerhalb der Stadt, von dem sie erst am frühen Abend erschöpft zurückkehrten. Doch die Müdigkeit konnte nicht verhindern, dass er anfing, an den Fingernägeln zu kauen, indes Gudrun in der Küche werkelte, dann ihre Stimme, sie telefonierte.

Am Montag stoppte er vergeblich die Minuten, die herkömmliche Verspätungszeit weit überschritten,

Ärger ballte sich in seinem Magen zum Klumpen. Ohne Blick für irgendwen betrat Prack den Konferenzraum, Kalkulationen wurden erstellt, Prognosen verworfen. Auch dienstags blieb der Arbeitsplatz ihm gegenüber unbesetzt, eine Woche später schaute Raimund Gritschler einer jungen Frau ins Gesicht. Abends schwärmte er von der Neuen, wenngleich ihre Frisur gewöhnungsbedürftig sei, sie sich etwas frech kleide, wie er fand. Lange musste er sich an ihrem Anblick nicht stören, bald nach Jahreswechsel wurde er fristlos entlassen. Die Meidlinger ward nicht mehr gesehen.

Bellevue

Murr hatte sein Gesicht im Büro vergessen, fiel ihm aber erst in der Tiefgarage auf. Noch einmal in den achten Stock hinaufzufahren, passte ihm nicht in den Kram. Es war Freitag, er könnte sich auf dem Heimweg was besorgen, das würde die Welt nicht kosten, die Preise für Mietvisagen waren seit Monaten im Keller. Musste ja nichts Besonderes sein, Flora war übers Wochenende nach Zürich gefahren und würde erst Montagabend zurück sein und mit Sophie war auch nicht zu rechnen, die hatte es vorgezogen, sich mit ihrer Clique auf seine Kosten ein paar Tage am Meer zu gönnen. Seine Tochter ignorierte ihn ohnedies seit langem als Gesichtslosen, es sei denn, sie brauchte Geld. Fremd war sie ihm geworden, er verstand kaum noch die Hälfte von dem, was sie sagte. „Da ihr euch nichts zu sagen habt, dürfte die Sprache das geringste Problem sein", hatte seine Frau unlängst bemerkt, an ihren Zynismus hatte er sich gewöhnt, vermutete Berufliches als Ursache dafür. Flora begegneten Dummheit und Präpotenz in Klassensatzstärke, irgendwie musste man sich als Lehrerin zur Wehr setzen.

Beim nächstbesten Supermarkt hielt Murr an, zielsicher steuerte er die Gesichtsabteilung an, eine Blondgelockte empfing ihn: Ob er kaufen oder mieten wolle? Letzteres, erwiderte er und wurde einem anderen Kundenbereich zugewiesen, er brauche nur den Pfeilen auf dem Boden zu folgen, sie würden ihn direkt ins Rent A Face führen. Sie empfehle aber auch einen Besuch im Outlet, wenn es nicht der letzte Schrei sein müsse, werde er dort für billiges Geld was Hippes finden, Italiener aus der letzten Saison seien eingetroffen, zwinkerte sie ihm zu.

Murr bedankte sich, lief dann durch ihm endlos scheinende Korridore, links und rechts Regale mit blinkenden Aufschriften, *Für den Juristen von Format, Der Arzt mit Potenz* und *Brandneu: Der Vintage-Banker*. Vor einem Schaukasten blieb er stehen und zog die Aufmerksamkeit einer Dame auf sich, die der ersten aufs Gesicht glich, nur war diese braungelockt nun. Ja, der Chinese sei groß im Kommen, sagte sie mit Blick auf die Vitrine, dem Chinesen gehöre die Zukunft. Sie sei jedoch dazu angehalten, Kaufwillige zu warnen, auch in unseren Breiten stehe der Chinese unter Beobachtung von seinesgleichen aus dem fernen China, da könne es passieren, dass man schwuppdiwupp entführt werde und in einem Lager ende, kein

Honigschlecken, wie man wisse. Aber wirtschaftlich zahle sich der Chinese aus, das sei bis in die Kommunalpolitik durchgesickert. Er wolle lediglich was mieten, sagte Murr, die Braungelockte zwinkerte ihm zu, er brauche nur den Pfeilen auf dem Boden zu folgen, sie würden ihn direkt ins Rent A Face führen. Sie empfehle aber auch einen Besuch im Outlet, wenn es nicht der letzte – er unterband mit höflicher Geste.

Vorbei an *Style Chefetage*, durch einen Korridor mit Freizeitgesichtern, gelangte er endlich in die Gesichtsleihe. Die dort angebotenen Exponate zeigten Gebrauchsspuren, allen voran das Modell *Der Stecher mit Verantwortung*. Die Preise waren nach Mietdauer gestaffelt, sechs Tage kamen im Verhältnis günstiger als vier, ferner gab es Angebote für Kurzentschlossene und Weekend-Packages sowie Schnupperaktionen à la *Ausländer für einen Tag* oder *Einmal Macho sein*.

Wie sie ihm helfen könne? Murr blickte einer Schwarzgelockten ins ihm schon vertraute Gesicht. Er suche etwas fürs Wochenende, sie lächelte, ob es was Sportives sein dürfe oder ob ihm nach Élégance der Sinn stehe? Vielleicht ein bisschen Retro? Den *Akademiker mit Niveau* gäb's mit Abschlag. Er wolle sich ein Fußballspiel anschauen, erwiderte er, sie sah ihn mit unveränderter Miene an, für Raucher und ähnliche Unterschichtphänomene, bitte, drei Gänge weiter, dort werde er fündig. Er arbeite in leitender Position für das Gesundheitsamt, wollte Murr entgegnen, hinter ihr ein Regal mit Bartträgern, er zeigte darauf. Ihre Worte im Voraus bekräftigend, nickte sie:

Habe sie es sich doch gleich gedacht, der *Typ Ernest* sei nichts für den gewöhnlichen Mann, für den sie ihn absolut nicht halte. Und ein bisschen Hemingway ums Kinn könne keinem Kerl schaden, sie zwinkerte ihm zu. Kurz dachte er an Flora und wunderte sich, wie leicht ihm die Entscheidung fiel, mit Bart ins Wochenende zu gehen.

Im Auto besah Murr sein Gesicht im Rückspiegel, auf Anraten der Schwarzgelockten hatte er sich einen dazu passenden Anzug geliehen und Schuhwerk für den schmissigen Schritt, so die blinzelnde Dame aus der Herrenbekleidung. Nun schürzte er die Oberlippe und fand, dass sein Grinsen fürwahr verwegen wirkte, zu verwegen, um es an einen Fernsehabend zu verschwenden. Ein Hemingway führe niemals rechts ran, dachte er, schrieb Flora ein SMS, umgehend erhielt er Antwort: Zürich sei wie immer sauteuer, die einzige Sprache, die sie hier verstehe, spreche ihr abnehmender Kontostand. In diesem Sinn wünsche sie ihm einen unbezahlbar spannenden Fußballabend.

Murr versenkte die Scheibe in der Fahrertür, legte den Ellbogen lässig auf. Dass er dies selbst im Hochsommer selten tat, aus Sorge, sich die Schulter zu verkühlen, und sich daher auch nicht der benzinfressenden Klimaanlage aussetzte, brachte Sophie stets zur Weißglut. Und vielleicht würde sie es gutheißen, dass er heute nicht wie jeden Freitag um sechzehn Uhr den Heimweg antrat, um die Wohnung montags pünktlich um sieben Uhr dreißig wieder Richtung Büro zu verlassen. Bei ihm müsse ja immer alles einer Moral folgen, einem tieferen Sinn, warf sie ihm wiederholt vor.

Erneut ein Blick in den Spiegel, er stellte sich Flora vor, ihre despektierlich nach oben gezogene Braue. Wenngleich sie gerne las, Hemingway war ihr ein rotes Tuch, ein notorischer Säufer und frauenfeindlich bis zum Gehtnichtmehr, als Mann schlicht zum Kotzen, nein, der hätte keine Chance bei ihr. Sie war jetzt oft in Zürich, könne ihre Freundin nicht im Stich lassen, die unter der Scheidung vor zwei Jahren leide, nach Österreich aber nicht zurückkehren wolle, das wäre die schlechteste Idee seit Wilhelm Tell. Er verzog die Lippen, Flora tat Ernest unrecht, das Grinsen, vielleicht nicht unwiderstehlich, aber nahe dran. Ein Schatten huschte vorbei, Murr stieg in die Bremse, sah die Faust eines Radfahrers, der ihn Arschgesicht hieß, und blickte einem Mann nach, der vehement in die Pedale seiner gelben Rostlaube trat.

Am Eingang der Fußgängerzone parkte er, nach Flanieren war ihm, auch wollte er das geliehene Schuhwerk testen. Von seinen braunen Schnürern hatte er sich hart getrennt vorhin, ein wenig klobig waren sie im Vergleich zu dem Paar, das er jetzt trug. In Sachen Mode ließ ihm Flora freie Hand, ganz zum Missfallen von Sophie, die seine Schuhe Holzklötze nannte, er solle bloß aufpassen, dass er nicht irgendwann Wurzeln schlage. Sie wollte einfach nicht kapieren, dass es in seinem Beruf auf das Äußere ankam, da redete er bei ihr gegen eine Wand. Seriosität steckte nun mal nicht in Sneakers, Seriosität kombinierte braune Schnürer mit Cordhose, Hemd und Pullunder.

Murr betrat die Terrasse eines Cafés – passte ein Bananensplit zu seinem Kinn? Er bestellte sich ein Glas Chardonnay, die Kellnerin brachte es mit gewinnendem Lächeln, ihr Ausschnitt so unerschrocken wie sein Gesicht. Plötzlich empfand er Erregung, nahm einen kräftigen Schluck, Flora, dachte er und sah der Kellnerin nach, Flora, er setzte das Glas abermals an. Noch nie hatte er sie betrogen, nicht einmal daran gedacht, es zu tun, warum auch, Flora war ihm alles. Siebzehn war er gewesen, sie drei Jahre jünger, vor gut einem Vierteljahrhundert hatten sie sich kennengelernt. Kein Gedanke, er hätte etwas versäumt mit seiner Treue, obschon er sich an den letzten Sex mit ihr kaum noch erinnern konnte, bestimmt zwei Jahre her. Sie begegneten einander mit Wärme und offenem Ohr für Probleme, im Bett geschwisterlich, schliefen nebeneinander ein und störten sich beim Aufwachen nicht am anderen, eine wunderbare Ehe kurzum. Nun aber verspürte er Lust und so stark, dass er seine Augen nicht vom Hintern der Kellnerin nehmen konnte, er wünschte seine Lippen an ihren Ausschnitt, seine Zunge an ihre Haut.

Murr erschrak, wollte sich abwenden, besann sich, er war ja Ernest – was aber machte Sophie hier? Und wer war der Kropf mit dem lachhaften Kamm? Seine Tochter, in ihrem Schlepptau ein Typ mit Irokesenfrisur. Der legte jetzt seinen tätowierten Arm um sie und verließ mit ihr die Terrasse. Wie konnte Sophie ihn so belügen, brauchte sie sein Geld etwa, um diesem Kriminellen die Kriegsbemalung zu finanzieren? Der nahm Drogen, das sah man. Am liebsten wäre er den beiden nach, um Sophie zur Rede zu stellen. Aber wie? Sie einfach an der Schulter packen und anbellen, nun lerne sie ihn einmal richtig kennen, er sei ihr Vater, sehe halt momentan nicht so aus. Sofort zurück ins Büro, diese bescheuerte Fratze loswerden, wieder Murr in Cordhose und Pullunder sein. Und wenn er die ganze Stadt absuchen und sich auslachen lassen müsste als Gesichtsloser in Holzklötzen, er würde sie finden, von ihr eine Erklärung einfordern.

„Noch einen Chardonnay für Sie?"

Dieses Deodorant – und als röche es auch Flora, nun ein SMS von ihr. Sie denke an ihn, sitze im Café Odeon, er wisse schon, am Bellevue. Noch vor der Geburt von Sophie war er mit ihr in Zürich gewesen, erinnerte sich, wie sie die Bahnhofstraße hinabspazierten, an deren Ende sich der Blick öffnete auf den See. Unversehens merkte er, dass er der Kellnerin ins Dekolleté stierte, hob das Kinn, nickte. Wieder wallte Lust in ihm auf, er sah ihr nach, tippte: „Und ich denk an dich."

Spürte Flora etwas? Der sechste Sinn, der siebte – Unsinn. Immer schrieb sie ihm mehrmals, wenn sie in Zürich war, erkundigte sich, ob er sich wohlfühle, was er mache, allein zuhaus. Aber da war es leichter, ihr zu antworten, nicht leichter, schlicht wahr. Denn er gab ihr jetzt die gleichen Antworten, er sehe fern, lese Zeitung, während er fieberhaft nach Sätzen suchte, um die Kellnerin anzusprechen. Und als die zu seiner Überraschung die Initiative ergriff, sich als Lea vorstellte und ihm mehr oder weniger deutlich zu verstehen gab, dass sie nach Dienstschluss in eine Bar gehe, deren Name etwas in ihm auslöste, prompt eine Nachricht von Flora. Ob er sich das Essen aufgewärmt habe? Er solle sich den Pudding schmecken lassen, Salzgebäck in der Speisekammer neben den Marmeladegläsern.

Verfügten Frauen über ein Sensorium? Oder verleitete ihn das schlechte Gewissen zu dieser Annahme? Er wusste es nicht, nichts wusste er, dachte an die Lockenköpfe im Supermarkt, die Chinesen, Lea und – hatte Sophie sich ihrer Mutter anvertraut? Er zog sein Telefon hervor, wünschte Flora per SMS einen schönen Abend, den werde sie haben, antwortete sie.

Als es anfing mit ihren Besuchen in Zürich, und mittlerweile fuhr sie einmal im Monat zu ihrer Freundin, hatte sie ihm noch erzählt von ihren Spaziergängen durch die Stadt. Und jedes Mal war ihm das wie eine Rückkehr in die schöne Aussicht erschienen, als alles vor ihnen gelegen war in einer Unbedingtheit, die nur ein Wir gekannt hatte. In Gedanken war er dann erneut mit ihr die Trittligasse hinauf, einem Schritttempo unterworfen wie vor Jahren. Oben angekommen, atemlos, ein Kuss als Auftakt eines stundenlangen Vorspiels.

Am angrenzenden Tisch eine Frau, die ihn an eine Schauspielerin erinnerte, sie blätterte gelangweilt in einem Magazin, indes der Mann an ihrer Seite sein Handy hypnotisierte, als erwartete er Antworten auf Fragen, die das Schweigen aufwarf. Ähnelte er nicht einem ehemaligen Sport-Ass – oder doch einem Politiker? Die Jugendlichen jedenfalls schienen Urlaub von den Postern in Sophies Zimmer zu machen, sie lungerten an einem Tisch neben dem Aufgang zur Terrasse.

Um neun habe sie Schluss, hatte Lea gesagt, kurz nach sechs war es jetzt. Murr schloss die Augen. Dass sie in der Schweiz den Einheitsblick hätten, wenn sie abends in die S-Bahn stiegen und, in eine Zeitung vertieft, nachhause fuhren, hatte Flora amüsiert. Doch ihre Stimme war schneidend gewesen und ihr Lachen ein hölzernes. Einmal sei sie vorbeigekommen an der Persiflage auf alles Festgefahrene, aus Plastik, schön bunt, Gartenzwerge, mit gestrecktem Mittelfinger aus dem Schaufenster grüßend, in der Konradstraße, er entsann sich plötzlich.

Durch die Innenstadt, der Wein verfehlte die Wirkung nicht, Murr unterschätzte den Abstand zwischen Schulter und Briefkasten und schimpfte auf den postgelben Anachronismus, so unterliefe eben auch der Blechtrottel einem Bedeutungswandel. Im Café hatte er es nicht mehr ausgehalten – und mit Lea, wohin sollte das führen? Montags würde er in sein Murr-Gesicht blicken, aus und ade. Außerdem, er hatte Hunger, sehnte sich nach Floras Tupperware-Gulasch, nach einem Hundskick, und wenn die Bayern gewönnen, es wäre ihm egal. Auf das verlierende Napoli würde er das Puddingglas heben, und sich hernach an seinem Fanschal in jene Tage ziehen, als nach dem Gewinn des Scudetto an einer Friedhofsmauer in Neapel gestanden war: *Schade, ihr Armen, dass ihr das nicht miterleben durftet.*

Der Schal das Einzige, was Sophie an ihm cool fand, das Einzigste, wie sie ihrer Mutter zum Trotz sagte. Dabei war Flora weder I-Tüpferl-Reiterin noch Binnen-I-Verfechterin wie eine ihrer Kolleginnen und hatte nur Spott übrig für jenen Kauz aus dem Kollegium, der seine Lebensplanung nach der korrekten Anwendung des Konjunktivs ausrichtete. Aber einzig lasse sich nun mal nicht steigern.

An einem Würstelstand aß er, trank zwei Dosen Limonade, sein Rausch verflüchtigte sich etwas. Und kehrte sogleich zurück, als ein Mann an die Bude trat. Murr ließ ihn nicht aus den Augen, folgte aufmerksam seinen Bewegungen. Die Braungelockte kam ihm in den Sinn – oder war sie blond? Schwarzhaarig die Letzte, das wusste er genau. Und auch, dass er noch nie einen Chinesen gesehen hatte, der eine Burenhaut verschlang. „Mahlzeit", rief Murr, der Mann drehte sich langsam um und lächelte ihn an.

Er zählte die Schläge, noch vor dem neunten dachte er an Lea, schaute zur Turmuhr. Sein Verlangen nach ihr war einer Ernüchterung gewichen. Allenfalls hatte sie gar nicht vor, ihn bis Montag auszuhalten, eine gemeinsame Nacht – und vielleicht nicht mal die. Dass das Interesse an einem Menschen zwingend ins Bett führen müsse, sei reines Männerwunschdenken, hatte Flora einmal gesagt. Wie hatte ihm die Lust, mit ihr zu schlafen, so verlorengehen können, er spürte ein Ziehen im Nacken, nahm den Blick von den Zeigern, lachte: ihre Schenkel, zwischen denen die Welt anfing, Bellevue, ihre Hand in seinem Haar, seine Wange über ihrem Nabel, und nichts Schöneres, als dort zu liegen, nichts Besseres. Lange schon nicht mehr hatte er an ihren Körper gedacht, nun sah er ihn vor sich bis hin zum kleinen Muttermal unterm Rippenbogen.

Der Anzug, die Schuhe, Murr blickte an sich hinab. Wann hatte er aufgehört, ihr gefallen zu wollen? Die letzte gemeinsame Reise Jahre zurück, Korfu, eine schmollende Sophie zwischen ihnen, und seit sie sich weigerte, mit auf Urlaub zu fahren – Flora hatte darauf gedrängt vor zwei Jahren, dass er sie nach Zürich begleite, ihm aber war absolut nicht danach gewesen, eine scheidungssieche Beuteschweizerin aufzusuchen, bei der vom Morgenessen bis zum Einnachten alles nach Anbiederung tönte. Darum gehe es nicht, war Flora wütend geworden, und was die Biederkeit betreffe, solle er nicht von sich auf andere schließen. Wie sie sich das vorstelle und wer übers Wochenende auf Sophie aufpassen solle, hatte er sie angeschrien, höhnisches Gelächter dafür geerntet, und kein weiteres Mal hatte Flora ihn gefragt, ob er mit ihr an die Limmat reisen wolle.

Sophie war mittlerweile siebzehn und hochmotiviert, ihm stellvertretend für eine graue Masse von

Kleinkrämern die Stirn zu bieten. Das seien doch Taubenschisse, über die man sich hierzulande errege, nicht gepfiffene Elfmeter, Beziehungskisten und Kontostände, während anderswo Menschen verschwänden, die man nicht mehr fragen könne, was sie vom westlichen Gebot der Höflichkeit hielten, Beijing- statt Pekingente zu sagen. Sie geriet eben ganz nach ihrer Mutter, und abgesehen davon, ein Strafstoß konnte spielentscheidend sein. Sollte sie getrost mit ihrem Indianer durch die Gegend laufen, irgendwann würde auch er in Cordhosen denken, sie vielleicht nicht tragen, aber darauf kam es nicht an.

Keine neue Nachricht, Murr wog das Telefon in der Hand, ein Gefühl der Dankbarkeit durchrieselte ihn. Wie immer würde sich Flora erst morgen Früh wieder melden, wähnte sie ihn doch gut versorgt, satt und zufrieden auf dem Sofa, Rührung packte ihn, sogar ans Salzgebäck hatte sie gedacht. Sein schlechtes Gewissen stärker als zuvor im Café und zugleich erschien ihm alles wie ein Traum, dessen Ende absehbar gewesen war und der sich, stimmig obendrein, an Sophies Einschätzung vom tieferen Sinn hielt.

Lea, sein erster Gedanke, als er den Schriftzug über dem Eingang las. Weitergehen, redete er sich zu, hunderte von Lokalen gab es in der Stadt, weitergehen, morgen würde er sich dafür danken. Doch schon streckte er die Hand aus und ihm war, als öffnete sich die Tür ohne Zutun. Ein paar Stufen hinab, minimalistische Musik empfing ihn, ein Bass in dezenter

Monotonie. Die Bar glich einem Schiffsrumpf, dunkles Teakholz, an den Wänden blauausgeleuchtete Bullaugen, in denen Gläser und Flaschen zu schweben schienen. Über den Tischen Stimmtrauben, das Publikum seltsam durchmischt, als hätten sich die Gesichter aus dem Supermarkt hier eingetroffen. Murr sah sich abermals um, erleichtert wie enttäuscht, er nahm Platz am Rand des langgezogenen Tresens. Ein wenig fühlte er sich als Figur eines Romans, den er so gerne gelesen hatte, wiederholt war er abgetaucht und auf Reisen gegangen tausende Meilen unter dem Meer. Ohne bestellt zu haben, wurde ihm ein Cocktail serviert, der Barkeeper griente, „Variante Ernest mit doppeltem Rum und ohne Zucker", sagte er. Murr nickte anerkennend, dachte an Flora und daran, sie das nächste Mal nach Zürich zu begleiten.

Neben ihm der Rücken eines Mannes, ein Glatzkopf, der sich mit der Rechten an seinem Bierglas festhielt, am Oberschenkel aufgestützt die Linke, eine dicke Armbanduhr, auf die er in immer kürzer werdenden Abständen schaute. Murr unterdrückte ein Lachen, vielleicht hatte auch diesen Gast die Verabredung mit irgendeiner Lea in die Bar gelockt. Dass ihn die Kellnerin versetzt hatte, war ihm klar, mehr ärgerte ihn, sie wollte ihm nicht aus dem Kopf.

Auf dem Weg zur Toilette stockte er, einige Damen aus dem Amt umstanden einen der Tische, ignorierten ihn jedoch, was ihn wurmte, schließlich war er ihr Vorgesetzter. Lieber lauschten sie den Reden eines Kaspers, der mit Verve von seinem Telefon ablas, was die Welt vermeintlich immer schon wissen wollte, sich aber nicht zu fragen traute.

Murr wusch sich die Hände, traf Ernest im Spiegel. Wenn er Flora richtig verstand, und dafür sprach die Reaktion seiner Vorzimmerdamen, hatte man ihm im Supermarkt einen Ladenhüter aufgeschwatzt. Denn dieser Typ Mann, so Flora, war absolut aus der Mode, nach dem krähte kein Hahn mehr. Wobei – Lea. Und überreden musste man ihn nicht, ein anderer hatte er sein wollen, nun aber war es genug. Sie war nicht gekommen, ein Glas noch, dachte er, dann heim. Und gleich morgen Gesichtswechsel, auf seinem Bürotisch stapelte sich ohnehin jede Menge Arbeit, ein verkürztes Wochenende, auch gut.

Zurück in der Bar, die Amtsweiber entzückt, die Visage kam Murr bekannt vor, als hätte er sie schon einmal in der Zeitung gesehen. Plötzlich schoss ihm Hitze in den Schädel, sein Pulsschlag beschleunigte, Irrtum ausgeschlossen. Wut zuerst, dann Enttäuschung, die wieder überschwappte in Zorn, alles binnen weniger Sekunden. Nichts wie raus hier, dachte er, ging jedoch langsam zur Theke, nahm Platz und blickte über die Schulter des Glatzkopfs ihr ins Gesicht. Sie hob neugierig die Braue, lächelte ihn an, der Kahle drehte sich behäbig zu ihm um und knurrte: „Zieh Leine!" Murr schluckte, das sei seine Frau, presste er hervor, jetzt nicht mehr, erwiderte sein Gegenüber und kehrte ihm den Rücken.

Murr tastete nach dem Glas, stieß es um, der Barkeeper ging mit einem Achselzucken darüber hinweg, beugte sich zu ihm vor: Nur wer seine eigene Melodie habe, dürfe auf die Welt pfeifen. Murr verstand nicht, was er meinte, und Sprüche brauchte er jetzt am allerwenigsten. Wie konnte Flora – hatte sie es wirklich nötig, ihm vorzugaukeln, sie fahre nach Zürich, während sie hier diese Promenadenmischung aus *Vintage-Banker* und *Arzt mit Potenz* traf, der war nur auf eins aus, hatte bestimmt Frau und Kind! Das sah man dem an, schon von weitem sah man ihm das an, nur Flora war blind, so war es doch, nicht? Murr schaute den Barkeeper fragend an, der ihm einen neuen Cocktail auf den Tresen stellte. Und wie lange ging das schon, seit zwei Jahren? Pudding im Kühlschrank, was für ein Hohn! Zum Haareraufen war das, ja, zum – der nicht, der sollte vor einer anderen die Hosen runterlassen. In diesem Moment erhob sich der Glatzkopf, warf ein paar Scheine auf die Theke und schlurfte davon.

Flora sah ihn an, kam näher, ob sie sich setzen dürfe? Er verneinte, bejahte, sie lächelte, als würde sie seine Kopflosigkeit an eine Situation vor einem Vierteljahrhundert erinnern. Sie trug ein Kleid, das er noch nie an ihr gesehen hatte, machte ihrem Namen alle Ehre, woher diese Schuhe? Und warum, zum Teufel, strahlte sie ihn so an! Er erkannte seine Frau nicht wieder, sie ihn auch nicht, aber das half ihm wenig weiter. Er wünschte sich an einen anderen Ort und wusste zugleich, er würde diese Bar nicht ohne sie verlassen. Zum Seitensprung würde er sie ermuntern, die eigene Frau, und hoffen, dass sie seine Avancen nicht erwiderte und – ihr Blick signalisierte ihm, wie der Abend enden würde, keine schöne Aussicht und doch die schönste, die es gab. Warum war sie nicht in Zürich, verdammt, warum er nicht zuhaus! Murr griff zum Glas, bestimmt war alles nur ein Traum, gleich würde er aufwachen, und überhaupt, viel schlimmer hätte es kommen können, er war nicht entführt worden in ein chinesisches Lager, so hätte auch diese Geschichte ihre Moral, und wenn nicht, bliebe ihm immer noch *Der Stecher mit Verantwortung*, irgendwann, vielleicht.

Kalifornien

Sie riss ihm die Gitarre aus der Hand und zerschlug sie auf dem Pflasterstein. Sie halte das Geklampfe nicht mehr aus, dieses bekiffte Geschwafel von irgendwelchen Antworten im Wind. Ob ihm mal der Gedanke gekommen sei, dass sich rund um diesen Platz Geschäfte befänden, in denen Menschen arbeiten müssten? Passanten blieben stehen, eine Vettel applaudierte grinsend, entferntes Donnern. Mona legte den Kopf in den Nacken, Wolken zerflossen zu einer Fläche, erstaunlich rasch. Sie zog einen Fünfziger aus der Geldbörse, warf ihn in den Hut des Straßenmusikers. „Mehr ist das Ding wohl nicht wert", sagte sie mit Fingerzeig auf den gebrochenen Gitarrenhals. „Und eine Flasche Wein sollte auch noch drin sein, trink sie auf ein Leben, das diese beschissenen Lieder nicht braucht."

Woher die plötzliche Wut, sie wusste es nicht. Ohne sich nach dem Musiker umzudrehen, querte sie das Forum, erste Regentropfen fielen. Sie betrat ihren Laden, schleuderte die Tasche an einen der Thonet-Stühle, der umkippte. Der Raum vollgestopft mit Mobiliar, Kerzenständern, Puppen aus Porzellan. Bald würden Gewitterflüchtlinge eintreffen, sich schauerlang interessiert zeigen und keinen Cent dalassen. Sie verriegelte die Tür, die Schritte wurden länger, Menschen mit gesenkten Köpfen hasteten über den Platz. Ein Mann mit Aktenkoffer und baumelnder Krawatte steuerte den Eingang an, schon rüttelte er an der Tür. Mona winkte ihm, seine Miene im Nu dämlich, dann empört, er zog wieder ab.

Abermals donnerte es, die verfluchte Gitarre, ihr Blick folgte dem Schlipsträger, der in einem Geschäft für Damenunterwäsche verschwand. Vor der Tür nun ein Paar, das sich verdutzt anschaute. Der Musiker hatte gelächelt, wobei die Bezeichnung ihm schmeichelte, traf keinen Ton, der Typ. Seit einem Monat nervte er, fünf Lieder im Repertoire, rauf- und runtergeraunzt, die großen Themen der Menschheit.

Neben dem Eingang ein Regal, gefüllt mit Krimskrams, Kapitel fremder Biographien, die irgendwann bei ihr landeten. Ein Mädchen mit ausrasierter Schläfe presste die Stirn an die Scheibe, Sneakers zum Mini, das Shirt von Tropfen gemasert, quer über die Brust der Schriftzug *In deiner Haut möchte ich nicht stecken*. Mona erkannte in ihr die Tochter eines Stammkunden, hohes Tier in der Gesundheitsbehörde. Die junge Frau spannte ihren Kaugummi wie ein Laken über die Zunge, eine Blase vorm Mund jetzt, und als sie zerplatzte, blickte Mona kurz in die Vergangenheit.

Sie sank in ein Sofa, dessen Lehne auf halber Höhe seitlich nach vorne gezogen in Armstützen mündete. Sie hatte es neu polstern lassen und die Ornamente selbst restauriert. Vor ein paar Jahren hätte dieses Stück einen guten Preis erzielt, mittlerweile aber war es schwierig geworden, Kaufwillige zu finden. Manchmal haderte sie damit, den ganzen Krempel nicht verkauft zu haben nach dem Tod ihres Vaters vor sieben Jahren. Sechsundzwanzig war sie da, in einer festen Beziehung, Kind geplant. Doch das Geschäft hatte ihr mehr abverlangt, als sie erwartet hätte, und ihrem damaligen Freund war nach eigener Karriere gewesen. Nach der Trennung hatten sie sich jahrelang nicht gesehen, bis er vor vier Monaten unverhofft vor der Tür gestanden war. Ob er bei ihr übernachten könne? Er hatte ihr erzählt von seinen Erfolgen in den Staaten, müsse bald wieder rüber, sie hatte es nicht übers Herz gebracht, ihn anzuschauen, bestürzt über sein kariöses Grinsen unterm fettigen Haar. Er liebe sie immer noch, hatte er nach dem dritten Bier gesagt und ihr zwischen die Beine gegriffen, sie hatte ihn rausgeschmissen und insgeheim gehofft, er würde zurückkehren als derjenige, der er einmal war.

Das Telefon klingelte, eine Freundin, sie verabredeten sich zum Abendessen. Ihr Finger umspielte die Verzierungen einer Rokoko-Vitrine, aufwendige Beschläge aus feinem Messingguss. Nichts ließ sich zurückführen in einen ursprünglichen Zustand, Beschädigungen blieben solche, „nicht restaurieren, meine Herrschaften, konservieren", hatte der Professor gesagt damals an der Akademie. Die Vitrine in keinem guten Zustand, als Mona sie angekauft hatte, nun würde sie mit Glück zweitausend Euro bringen, half ein bisschen, die Lagerkosten enorm, sie hatte einen Kredit aufnehmen müssen. Dreiseitige Originalverglasung, in der Rückwand ein Spiegel, in dem plötzlich die Krempe eines Huts auftauchte, sie wirbelte herum. Vor der Tür ein Unbekannter, „wegen Inventur geschlossen", rief sie ihm zu, er lachte, Bestandsaufnahmen seien der Krämer Singsang, schrie er zurück. Idiot, dachte sie, hörte ihn sagen: „Sie imponieren mir, junge Frau." Sie kehrte ihm den Rücken, streckte sich die Zunge entgegen und fuhr sich durch die schulterlange Mähne, deren Braun wieder einmal einer Tönung bedurfte. Sie trat näher an die Vitrine heran, Palisander-Furnier, an den Musiker dachte sie.

Widerstandslos hatte er sich die Gitarre abnehmen lassen, komischer Kauz. Sie bückte sich nach dem Thonet, sah den kleinen Riss im Holz, fluchte. Um das Geld würde er eine bessere Klampfe kriegen, der Stuhl war zu reparieren, ein Vierzehner, früher Standard in vielen Wiener Kaffeehäusern. Warum war er nicht aufgesprungen und hatte sie angebrüllt? Gewölbt die Lehne, die Sitzfläche kreisrund, Massenware, einst unter drei Kronen zu haben, für drei Dutzend Eier. Beim heutigen Wert wären ein paar Hühner zusätzlich drin. Hatte ihr ein Kunde neulich erklärt und sich echauffiert, dass man es nunmehr vorziehe, sich mit Stecksystemen das Heim zu verschandeln. Gerne hätte sie ihn auf den Widerspruch hingewiesen, ihm als Bugholzspezialisten dürfte bekannt sein, der Thonet sei der Prototyp späterer Selbstbaumöbel. Aber sie hatte genickt in der trügerischen Hoffnung, er würde sich für das eine oder andere Stück in ihrem Geschäft entscheiden.

Regen prasselte ans Fenster, der Wind war stärker geworden und trieb Teile einer Zeitung vor sich her. Sie schlugen dem Mädchen mit dem Brustprint um die Beine, unberührt davon tanzte es in der Platzmitte.

Mona spürte, wie ihr Herz heftiger pochte. Vielleicht würde der Musiker sie anzeigen, warum war er ihr nicht gleich nach? Sie hätte ihn kaum anlächeln können wie andere, die den Laden betraten. Das war die größte Umstellung gewesen bei der Übernahme des Geschäfts, als Konservatorin hatte sie sich auf die Beweglichkeit ihrer Finger verlassen, nun musste sie sich verbiegen, um eine Zuckerdose zu Barem zu machen. Greinten ja alle, kein Geld, kein Geld, und am lautesten jene, die nie welches hatten und sich dennoch um ihr Erspartes betrogen fühlten. Sie war sich sicher, in hundert Jahren würde man in einem Antiquitätengeschäft das Sparschwein der Geprellten kaufen können, eine Sau ohne Schlitz mit einem Handy in jeder Klaue, die Augen viereckig wie ein Flatscreen.

Auch in ihrem Bekanntenkreis war ein Wort jetzt schwer in Mode, und sie befürchtete, mancher

Schwatzkopf wusste den Begriff nicht zu buchstabieren, geschweige denn zu erklären, was Hedgefonds wirklich meinten. Sie sei ein Snob geworden, hatte ihr Verflossener vor vier Monaten gelästert, sie war ihm in die Parade gefahren, Unwissenheit sei die purste Form der Arroganz! Geld sei nichts anderes als ein Tauschwert, hatte er nachgelegt, das mochte schon stimmen, aber eben nicht für jenen, dem man es schuldete. Er jedoch hatte sich in Rage geredet, und es war nicht weit gewesen von den Finanzhaien zur Legalisierung der Drogen.

Auf der gegenüberliegenden Platzseite sammelten sich Menschen unter der Markise einer Konditorei, zwischen ihnen der Schlipsträger, das Paar, der Mann mit Hut. Pfützen hatten sich gebildet, unbeirrt drehte das Mädchen Pirouetten, das Gesicht himmelwärts, nass auch die Haare, das Shirt am Körper klebend. Mona fasste sich an die Brüste, ihre Hände über die Hüften und das Becken tiefer. War ihr danach, holte sie sich einen ins Bett, das war die leichteste Übung, und es bekümmerte sie nicht, wenn er tags darauf Reißaus nahm im Erkennen, dass sie bis drei zählen konnte. Dennoch kam ihr das Leben zuweilen vor wie ein aufgelassenes Goldgräbernest, kürzlich hatte sie gelesen von einem Ort in Kalifornien, keine Geisterstadt, aber nahe dran.

Neben der Kasse eine Zeitung, sie überflog die Titelseite, einer der Attentäter noch flüchtig, der Tonfall des Artikels: Fangt ihn, hängt ihn! Lautes Donnern ließ sie zusammenfahren. Hatte ihr Ex nicht erzählt von seinen Geschäften an der Ostküste? Bestimmt hätte er sich für den Musikus starkgemacht, ein Plädoyer für dessen Lagerfeuerromantik abgeleiert. Immerhin das. Die anderen waren nur kurz stehen geblieben. Den Applaus hätte sich die Alte sparen können.

Die Oberfläche eines Teichs, kleine Krater, die sich wellenförmig ausbreiteten. Das Mädchen verschwunden, Mona hörte die Gullys gurgeln, ihr Blick pendelte zwischen Rokoko-Vitrine und Thonet-Stuhl. Nie hatte sie einen Gedanken an die Herkunft der Möbelstücke verschwendet, ihr Vater anders. Eine Kindheit lang war er ihr in Ohren gelegen mit Geschichten aus zweiter Hand, als führte er ein Doppelleben darin. Fast glich er ein wenig ihrer Freundin, die einen Bücherspleen hatte, vielleicht dem Musiker. Der hatte sich gewaltig ins Zeug gelegt, um Authentizität bemüht mit seinen gecoverten Liedern, Unsinn, mit seinem Gekrächze. Sein Lächeln ging ihr nicht aus dem Kopf.

Für Sekunden durchzuckte gleißendes Licht den Nachmittag, gefolgt von einer heftigen Detonation. Das Gewitter jetzt über der Stadt, sein Zentrum, schien ihr, direkt überm Geschäft. Auch die zwei Jahre als Restauratorin waren nicht Sonnenschein gewesen, aber es hatte ihr Spaß gemacht, sich akribisch dem Schönen zu widmen. Bis zu jenem Tag, an dem ihr Vater den einzigen Baum auf einer schnurgeraden Straße hatte finden müssen. Keine Chance, so die Worte des Arztes, als hätte er nicht gewusst, dass es die einzige Chance gewesen war, die ihr Vater noch gesehen hatte. Nach dem Tod ihrer Mutter zwei

Jahre zuvor war er rapide verfallen, keine sechzig und schon ein alter Mann.

Sie hatte zu beiden kein besonders gutes Verhältnis gehabt, war früh ausgezogen, hatte auf eigenen Füßen stehen wollen. Die Mutter eine unglückliche Frau. Und hatte doch alles gehabt, inklusive Alkohol, Valium – Mona hatte ihr diesen Schritt nie verziehen, ihn schlicht nicht verstanden, wenngleich ihr nun oft ein Satz der Mutter über die Lippen kam. „Irgendetwas fehlt immer." Sie verdrehte die Augen nach oben. An der Zimmerdecke ein Riss, der ihr noch nie aufgefallen war. Gab eben stets was zu entdecken, das Leben eine Goldmine. Das Donnergrollen verzog sich, bald könnte sie den Laden wieder aufsperren. Den Musiker suchen, sich entschuldigen? Abends würde sie sich jedenfalls mit ihrer Freundin zum Essen treffen, eventuell einen Sprung in die Nautilus-Bar, der beste Ort, um Land zu sehen.

Erneut nahm sie Platz auf dem Sofa, streifte die Schuhe ab und winkelte die Beine an. Die Arme um die Knie geschlungen, schaute sie in den Regen hinaus, unter der Markise die Wartenden, es war ihr, als starrten sie herüber. Sie schloss die Lider, und das letzte Bild kam in Bewegung, untergehakt die Menschen, in schunkelndem Rhythmus rückten sie näher, angeführt von der applaudierenden Alten, Knopfaugen im faltigen Gesicht, den Kopf zur Seite neigend, krümmten sich ihre Mundwinkel noch tiefer. „In deiner Haut möchte ich nicht stecken", flüsterte Mona, ein Klopfen hörte sie, und wie Geraunze anhob, fünf Lieder rauf und runter, der Singsang schwoll an, unerträglich laut, Mona sprang auf.

Unter der Markise niemand. Passanten kreuzten den Platz, zeitversetzt und in seltsamer Automatik spannten sie die Regenschirme zusammen. Auf Zehenspitzen zur Tür, Mona öffnete sie. Ein Schwall frischer Luft schlug ihr entgegen. Zu ihren Füßen ein Fünfziger, geklemmt unter eine Flasche Wein.

Tannertschok

Was haben wir uns nicht gewundert, als Tanner eines Spätnachmittags nackt und mit einer Schellenkappe auf dem Kopf vor das Wahrzeichen der Stadt trat und sein Tun als Kunst im öffentlichen Raum ausrief. Ausgerechnet Tanner, der Stillste in unserer Runde, welcher Furor hatte sich seiner bemächtigt? Dass er seiner Deklaration ein *Watch me now* nachgeschickt hätte, taten wir ohnedies ins Reich der raschen Legendenbildung ab, Tanner und Englisch, niemals! Wenn er schon einmal den Mund aufmachte, so um sich über die Verenglischung der Welt zu ärgern, drei Worte stieß er dann aus, *geht gar nicht* oder *nicht mit mir*. Und war ihm etwas gänzlich zuwider, fand seine Wut das Trio: *So ein Scheiß!*

Die Kunstexpertin der führenden hiesigen Tageszeitung hingegen sah in Tanners Zusatz einen Anspruch auf Internationalität manifestiert. Und da wir in unserem Kreis selbst der diffusesten Ansicht mit allergrößter Diskussionsfreude begegneten, konnten wir uns schließlich davon überzeugen, dass wohl ein Fünkchen Wahrheit in der Expertise lag. Dafür sprach vor allem Tanners Beibehalten der Dreiwortregel, die er in *Watch me now* perfekt zur Anwendung gebracht hatte.

Endlich auf diesen schlüssigen Nenner gekommen, fragten wir uns nach dem Auslöser der Tanner'schen Aktion. Und wieder einmal war es an Max, unserem Newsflash schlechthin, unsere Neugier anderntags mit Gewichtigem zu füttern. Tanner habe am Vorabend seiner Kunstwerdung die Ausstellungseröffnung „I am nude are you nude too?" in der Stadtgalerie besucht und sei dort ratzfatz, so Max wörtlich, der Galeristin verfallen. Woher die Kunde, bestürmten wir Max, der sich im Sessel zurücklehnte und die Hände hinter dem Kopf verschränkte. Manchmal reiche ein Anruf bei der richtigen Stelle aus, in diesem Fall eben bei Tanner, erklärte Max. Aber, Amigos, Max löste sich aus der bequemen Sitzposition: Die Galeristin sei bekanntlich mit dem berühmten, wenngleich maßlos überschätzten Schriftsteller Wolfgang C. Landmann verheiratet und habe Tanners Avancen eine Absage erteilt, sei sie doch eine durch und durch anständige Frau. Das aber nun brachte die politisch Korrekte unserer Runde, die flotte Ina, auf den Mast. Es sei an sich schon problematisch, dass Max die weibliche Form der Anrede schlicht ignoriere, aber er möge um Himmelswillen sein Vokabular überdenken, es entstamme dem brutalsten Nazi-Jargon. „Anständig, dass ich nicht lache", brüllte Ina und: „Denk an Göring, die fette Sau!"

Inas Wutausbruch leitete eine Phase schweren Rauchens ein, sie souverän zu nutzen, blieb wie üblich unserem Hugo vorbehalten: Entscheidend sei doch die Vorsätzlichkeit, die Tanners Handlung zugrunde liege. Maßvoll setzte er eine Pause hinter diesen Satz, Hugo der Bedächtige, in unserem Kreis seit Jahren wohlgelitten. Erst die Absicht mache Tanners Kunst zur solchen, fuhr er fort, wie jeder wahre Künstler habe sich unser Tanner bei seiner Aktion etwas gedacht. „Nur was?", entwischte es Stella in ihrer typischen Art, immer Fragen zu stellen, die sie sich nach Sekunden der Innenschau mit einem in die Länge gezogenen Okay selbst beantwortete. Wir zählten, drei, zwei, eins, „okay", hörten wir Stella sagen. Und wie immer fiel sie im Sog der Erkenntnis ihrem Freund Meskalin um den Hals, küsste ihn auf die Stirn. Meskalin, eigentlich Tom, unser Mann für die fraktale Dimension, spielte mit den Mandeln in seiner Hosentasche, stöhnte auf, schob sich eine Mandel in den Mund, kaute sie breiig. Leonardo, raunte er nach reiflicher Überlegung, er sage nur Leonardo. Da seine Botschaft bei uns nicht zu fruchten vermochte, ergänzte er: Wer Mona sage, müsse auch Lisa sagen. Ina sprang auf, das sei jetzt wirklich problematisch, und er dürfe doch unseren Tanner um Himmels willen nicht mit da Vinci vergleichen, „konnte der Englisch?", Hugo hob dreimal die Braue, „okay", und der obligate Kuss auf Meskalins Stirn.

Max, aus dem Schmollwinkel zurück, in den ihn Ina gestellt hatte, war schon eine Weile mit seinem Mobiltelefon beschäftigt gewesen. Newsflash, sagte er nun, soeben sei über Twitter die Meldung hereingeflattert, das Öffentlich-Rechtliche habe sich zur Ansicht verstiegen, Tanner hätte nicht *Watch me now*, sondern *Watch me go* gerufen. „So ein Scheiß", höhnten wir im Chor, Tanner und *Watch me go*, niemals! Stella fuhr den Zeigefinger aus, „warum eigentlich nicht", sie erspähte dieses Mal jedoch keine Antwort in sich und stürzte damit allen voran unseren Hugo in gründlichste Einkehr. Und wie Worte finden für das, was unser Kreis nun miterleben durfte. Hugos Gesichtszüge entspannten sich, stufenweise schien er aufzusteigen in eine Anderswelt, alsdann sprach er zu uns: „Wahrlich, ich sage euch, unser Tanner ist ein geniales Schwein." Maßvoll erneut die Pause, die er dem Satz folgen ließ, dann mit Blick auf Maxens Mobiltelefon: „Lade das verdammte Foto hoch, das von Tanner um die Welt gegangen ist." Max, immer noch im Bann des Fiat Lux, begriff nicht gleich, und es bedurfte unserer flotten Pädagogin, ihn an seine Eigenverantwortlichkeit zu erinnern. Er müsse das Bild dort abholen, wo es gerade sei, sagte Ina. „Und zwar ratzfatz", schickte zu unser aller Erstaunen Stella nach. Meskalin sah seine Freundin verunsichert an, Max indes sagte kurz und bündig: „Okay."

Das Foto also, der nackte Tanner: Arme über der Brust verschränkt, linkes Knie gebeugt, rechtes Bein vom Körper weggestreckt, in einer Art Kasatschok-Bewegung erstarrt. Kinn imposant in der Horizontalen, Blick kontemplativ himmelwärts, Ferne suggerierend und zugleich Nähe. Letztere gewann an Volumen im Arrangement mit der monströsen Schellenkappe, deren einer Bommel Tanners Blickrichtung zwar tangierte, dabei aber nicht aus der Bahn warf. Den Mund hatte Tanner leicht geöffnet, was für eine Prise Erotik sorgte, doch war von seinen Lippen nicht abzulesen, ob er *go* oder *now* gesagt hatte.

Wir schauten Hugo fragend an, was ihn merklich in Verlegenheit brachte. Er wich unseren Blicken aus, besah seine Fingernägel. Ein von uns seit Jahren beobachtetes Phänomen, das immer dann auftrat, wenn Hugo nach Worten suchte, mit welchen er uns seine intellektuelle Dominanz nicht allzu hart um die Ohren knallte. Behutsam legte er endlich los:

Die Sache sei doch ganz klar, Tanners Genialität zeige sich vorrangig im Rückgriff auf die Defizithypothese bei simultaner Anverwandlung der Differenztheorie, die er beide spielerisch unterlaufe im Herauslösen determinierter Begrifflichkeiten und deren Verschmelzung im dynamischen Prinzip seiner Kunst. Folglich erwecke er ein in Vergessenheit geratenes Charakteristikum der Ars wieder zum Leben: ihren apodiktischen Anspruch auf Gegenwärtigkeit. Diesem müsse immer ein Movens vorangehen, das ergo in Vergangenem fuße, präsentisch jedoch zum Agens werde und somit ins Zukünftige weise. Der nur dem wachen Auge offenkundige, dem Tanner'schen

Kunstwerk aber a priori implizite Subtext sei eine geharnischte Kritik an unserer immer noch phallokratischen Gesellschaftsordnung, habe Tanner sein Gemächte doch – und zwar ganz bewusst, um etwaigen Zufallstheorien Vorschub zu leisten – zwischen die Schenkel geklemmt. Demgemäß gebe er lediglich einen Blick auf die Scham frei, was nachgerade unisexuelle Dimensionen erschließe. Ein Mehrwert sozusagen, den nicht zu erfassen dem schlichten Gemüt aber keineswegs den Kunstgenuss verwehre.

„Okay", Meskalins Hand glitt in die Hosentasche, Max zog das Telefon nah vor die Augen, „man sieht seinen Schwanz tatsächlich nicht", lachte er. Und erntete dafür einen mahnenden Blick von Ina, der sogleich auf mich überging. Mein Grinsen verschwand, ich hob begütigend die Hände, genial und genital habe die gleiche Wortherkunft, sagte ich. „Bist ein ganz ein Schlauer", Ina darauf, hieß mich einen Macho in Intellektuellenshorts, und ich wollte mich gerade für das Getändel bedanken, da rief Stella: „Hugo hat Recht!" Es sei völlig einerlei, ob *go* oder *now*! Come on, Hugo hätte uns doch mit klarsten Worten dargelegt, es ginge in Wirklichkeit immer nur um das eine, unser Schamgefühl gäbe lediglich den Blick darauf nicht frei und brächte uns so um den Mehrwert unserer Gesellschaftsordnung. „À la bonne heure", kommentierte Ina, Meskalin nickte bejahend, er hätte Hugos deutliche Ansage nicht trefflicher zusammenfassen können. „Wen wundert's", fügte Ina leise an und leitete damit erneut eine Phase schweren Rauchens ein.

Im Grunde waren wohl alle aus unserem Kreis in diesen Momenten bei Freund Tanner. Der hatte sich nach seiner Aktion gänzlich aus dem Fokus der Öffentlichkeit gestohlen, so wie es einem wahren Künstler geziemte, dem immer nur das Scherflein Hoffnung blieb, dass die Zeit seinem Genie irgendwann in die Karten spielen würde.

Max hatte die Rede Hugos mitgeschnitten und sofort neben Tanners Foto auf Facebook gestellt. „Newsflash", sagte er plötzlich, 220, korrigiere, 221 Personen hätten Hugos Rede binnen kurzem geliked. Jetzt dürfe er dieses Wort ja ohne Scheu in den Mund nehmen, wo unser Tanner – Meskalin rülpste. „Thomas", empörte sich Ina, „du solltest endlich damit aufhören." Aber Mandeln seien doch gesund, sagte ich, sie seien ein bewährtes Mittel wider die Pyrosis. Sanft legte Hugo seine Hand auf meinen Unterarm, Ina meine die Ursache des Sodbrennens, „Meskalin, drossle deinen Konsum", fuhr er an Tom gerichtet fort. „Nicht mit mir", antwortete der und: „Geht gar nicht." Das hätte uns Zeichen sein können.

Tatsächlich war es Meskalin, der tags darauf in Tanner'scher Manier vor das Wahrzeichen der Stadt trat. Indem er Tanners Dreiwortregel couragiert aushebelte, machte er seinen Anspruch auf Singularität geltend, zugleich war seine Aussage eine Hommage an Stella. In makelloser Kasatschok-Bewegung erstarrt, rief Meskalin *come on the fuck*. Das ließ den Kulturressortleiter eines an sich konservativen Blatts frech formulieren: Die Intention des Künstlers zeige sich auf grandiose Art darin, dem kunstaffinen Publikum näherzubringen, dass eigentlich der Betrachter der Gefickte sei.

„So ein Scheiß", ereiferte sich Ina, die Betrachterin werde von diesem Herrn wieder einmal schlichtweg ignoriert. Generell greife ihr diese Analyse zu kurz, man müsse vom Passiven aufs Aktive kommen. Den Fickmechanismus der allgegenwärtigen Sexualisierung unserer immer noch schwanzgesteuerten Phallokratie habe Meskalin aufs Korn nehmen wollen. Bei Hugo verfing das absolut nicht, die Phallokratie müsse nolens volens schwanzgesteuert sein, und Ina erweise der Genderisierung der Gesellschaft durch ihre Tautologie einen Bärinnendienst. Zudem sei die Penisthematik hinlänglich durch, er interpretiere Meskalins Werk dahingehend, dass die von Tanner auf den Punkt gebrachte Kunstform manchmal eines derben Attributes bedürfe, um in die verfickte Wirklichkeit einzudringen. Das wiederum fand Stella gar nicht okay, „warum redet ihr immer vom Vögeln", sagte sie, „seht doch genau hin." Meskalins Schellenkappe sei um Nuancen größer als die Tanner'sche, schon damit finde ihr Tom zu einer eigenständigen künstlerischen Form, die der wachen Beobachterin geradezu ins Auge springen müsse. „Vergiss den Beobachter nicht", fügte Max an, zog das Mobiltelefon nah vors Gesicht, grinste: „Ihr werdet es nicht glauben", sagte er, „Meskalin hat ein Interview gegeben."

Und wir hörten. Was unserem Kreis aus Toms Trip Blog bekannt war, fand die Journalistin eines TV-Kulturmagazins erfrischend authentisch, zeuge doch Meskalins Gelaber von großer künstlerischer Sensibilität. Vom Zeit-Zerrbild in einer ausfransenden Wirklichkeit war die Rede, von Ketten physikalischer Besonderheiten, die laut Meskalin mitunter als kohärente leuchtende Linien aus den Augen des Publikums sich gezeigt hätten und Hoffnung machen würden, die Kunst habe doch noch ihren Platz in der modernen Gesellschaft. Dass Tom die Häuser während seines Tanner wie gefräßige Monster erschienen waren, wertete die Journalistin zwar als ein etwas plakatives, aber in dieser nackten Form noch nie vernommenes Statement wider die Immobilienspekulation, unter der – wie berichtet – das Prekariat am krassesten zu knabbern hätte. Immerhin, eine Neuigkeit auch für uns, Meskalin hatte sich einen Künstlernamen zugelegt. San Pedro hieß er nun, was die Kultur-Tussi als äußerst stimmig empfand, zeichne sich dieser Künstler doch durch einen tiefen, ja nahezu mystischen Ernst aus, laufe dabei jedoch nicht Gefahr, ins Esoterische abzudriften. Im Gegenteil, er stehe beidbeinig in der Gegenwart und scheue nicht, der barfüßigen Realität ihre Schellenkappe vor Augen zu führen.

Max schäumte, die Schlampe stelle dem Kulturjournalismus in diesem Land das bekannt schlechte Zeugnis aus und habe sich nicht eine Sekunde mit dem Kunstwerk beschäftigt, wie sei ihr *beidbeinig* sonst zu erklären. Wir warteten auf Inas Wutausbruch, aber auch die politisch Untadelige nannte den Beitrag himmelschreiend bedenklich. Ein Künstler müsse hinter sein Werk zurücktreten, sonst werde er sich selbst und irgendwann dem Publikum zum Problem. Mag sein, Ina hatte bereits der Gedanke erfasst, der sie am nächsten Tag vors städtische Wahrzeichen führte. Im Tannerkostüm, Arme über der Brust, linkes Knie gebeugt, rechtes Bein vom Körper weggestreckt, lehrte sie: *Watch my problem, my problem is yours*. Diese sieben Worte gingen um die Welt, von einer magischen Nummer wurde gesprochen, von der Zahl des künstlerischen Zaubers.

Und Newsflash, in Paris sei ein Mann ganz Tanner vor den Eiffelturm getreten, am Petersplatz habe die Schweizer Garde unter heftigem Protest der Gläubigen einer gebürtigen Baslerin den Tanner verwehrt, woraufhin sich vor dem Berner Käfigturm ein Graubündner Senner entkleidet habe, um gegen den bis an die Pforten des Vatikans ausufernden Kantönligeist zu protestieren. Very amused hingegen die Bobbies vorm Tower, *feel free* sollen sie dem nackten Ehepaar zugerufen haben, geradezu der Beihilfe verdächtigt auch die Cops vorm Kapitol, wo einer von Drillingen sich zunächst geziert hätte, mit seinen Brüdern den Tannertschok zu tanzen.

Was aber verlässlich für Überraschung sorgte in unserem Kreis: Der Poet und Gatte der Galeristin meldete sich zu Wort. Wolfgang C. Landmann gab in lückenloser Verkennung der Situation dem auflagenstärksten Medium im deutschsprachigen Raum ein ganzseitiges Interview. Interessant daran lediglich der Aufmacher, ein Zitat Landmanns: Der Tannerismus geht mir am Arsch vorbei. Damit hatte Landmann, unbeabsichtigt selbstverständlich, erstmals in seiner Künstlerexistenz Neuland betreten und einem Begriff Flügel verliehen, der noch bestehen würde, wenn sein schnödes Werk längst ins Vergessen abgestürzt war.

Unsere Stella indes setzte zum Höhenflug an, mobilisierte ihr Netzwerk. Und so war die ganze Bobo-Gesellschaft zugegen, als sie ihr *I am okay are you okay too?* über den Stadtplatz jauchzte und nicht nur mit dem schicken Bommel ihrer Schellenkappe zu bezaubern wusste. Landmann, erfuhren wir, wäre vor Ort gewesen, unter der Krempe seines tief in die Stirn gezogenen Schlapphuts hervorlugend, hätte er sich in Stella verliebt, hieß es.

Das Tanner-Virus war nicht mehr zu stoppen, Sydney, Wellington, Tokyo; von Frankreich aus wurden die Benelux-Länder infiziert, das Baltikum zog nach; Kiew, Moskau meldeten: Tanner vollzogen; da wollte Berlin nicht zurückstehen. Nach einer Tournee durch die Länder der einst real existierenden Repression kehrte der Tannerismus über die südosteuropäische Flanke mit bewegendem Zwischenstopp in Tirana zuletzt auch in Wien ein. Gut Tanner bräuchte eben Weile, hatte man in Resteuropa bereits geätzt, ein weiteres Indiz dafür, wie tief das Tanner-Syndrom in die Alltagssprache eingedrungen war. Tannergeil hörte man ohnehin allerorts, auch: Leck mich am Tanner! Echt Tanner stand für ein gutes Mahl, ein hübsches Kleid, verchromte Alufelgen. Die Germanistik jubelte, der Tannerismus fördere ein neues Sprachbewusstsein zu Tage, zwinge wieder zum aufmerksamen Zuhören. Klar, mäßiger Alkoholgenuss führte zu einem leichten Tanner, nach tannerhart durchzechten Nächten ging's einem am Morgen danach aber ebenfalls ziemlich Tanner. Passend dazu die Meldung aus dem Schwarzwald: Im Städtchen Hausach würden sich die Narren zur Fasnacht nunmehr mit Tanneri Tannero grüßen. Nicht zuletzt sollte sich Hugos kluger Vorgriff bewahrheiten, es wurde weltweit miteinander getannert, was auch immer das heißen mochte, die unisexuelle Dimension erfüllte es gewiss.

Dennoch wurde unser Hugo des Daseins nicht mehr froh. Seine Rede, ein Meilenstein moderner Kunsttheorie, wechselte vom studentischen Facebook- aufs professorale Wikipedia-Niveau. Bedächtig widmete er sich der Pflege des Portals, in immer kürzeren Abständen aber verfiel er in stundenlange Beschau seiner Fingernägel. Blickte er auf, hingen wir an seinen Lippen, er jedoch schwieg in der Beharrlichkeit eines kasachischen Mulis. Stumm gab er denn auch seinen Tanner, doch die Ausübung der Kunst, sie erregte ihn allzu sichtbar. Er habe nur seinen Mann gestanden, versuchten wir ihn zu trösten, und Max erbot sich, die Scharte auszuwetzen. Bereits am gleichen Tag brachte er sich in Position: ein Wadenkrampf im linken Bein – eine Steißbeinprellung die weitere Folge.

Das konnte unseren Maximilian nicht daran hindern, uns noch vom Krankenlager aus mit einem Newsflash zu berücken, wir erfuhren Nachhaltiges: In der Münchner Allianz Arena war bei einem Spiel der Bayern gegen den FC St. Pauli aus abgezählt neunundsechzigtausendneunhundertundeiner Kehle der Ruf erschollen: „Macht den Tanner!"

Gleichwohl, diese Umtriebe brachten die Hüter des feuilletonistischen Abendlands auf die Barrikaden. „Den Tanner, den wir riefen, werden wir nicht mehr los", schrieben sie. Und rieten zur rapiden Kurskorrektur, um die Kunst aus dem Flutlicht und wieder zurück unter den elitären Kerzenschein zu rücken. Das wurde letztlich mir zum Verhängnis. Ich war gerade unterwegs zum Wahrzeichen der Stadt, als mich ein Anruf aus der Akademie der Künste ereilte. Ich möge mich unverzüglich dorthin begeben, um der Eröffnung des ersten offiziellen Instituts für Tannerismus beizuwohnen, ich solle bitte das Zeremoniell mit einer kleinen Studie über die Entwicklung dieser epochemachenden Stilrichtung aufwerten.

Von Berlin nach New York, Paris, Madrid, von Lehrstuhl zu Lehrstuhl, ich tat, was ich dachte, unserem Kreis schuldig zu sein. Nichtsdestotrotz, er zerbrach. Vorbei die Phasen schweren Rauchens. Ina ging in die Politik, noch bei Wahlen Jahre später machte sich ihre Tanner-Aktion als saftiger Bonus bemerkbar. Maxens Bestimmung war ebenfalls abzusehen gewesen, als Anchorman eines Pay-TV-Senders erhob er die bereits etablierte Marke Tannertschok zum Titel eines Newsflashformats, das sich mit den allerbrenzligsten Fragen unserer Zeit beschäftigte. Tom wanderte nach Peru aus und wurde als Kakteenzüchter glücklich, sein Firmenlogo zierte ein Tanner-Emoticon. Dass Stella sich von ihm getrennt hatte, fand er fraktal ziemlich in Ordnung. Sie jettete fortan als Schischi-Expertin durch aller Tanner Länder und hielt die Welt mit ihrem unnachahmlichen Okay in Atem. Und unser Hugo, der wurde umsichtiger Präsident des von ihm gegründeten ersten antiphallokratischen Tannerinnen-Verbands. Kurzum, wir führten ein stinknormales Leben wie all die Jahre zuvor, nur eben ohne unseren Kreis. Bleibt noch zu erwähnen, dass sich die Galeristin von ihrem Mann scheiden ließ und den Original-Tanner heiratete, den sie, wann immer ich in der Stadt war, recht unanständig mit mir betrog.

Irgendwo in Deutschland

Waren nicht viele, eine Handvoll Männer in dicken Strümpfen, wie an einer Schnur aufgefädelt standen sie Gewehr bei Fuß auf dem Kamm eines Hügels. Zeitgleich schulterten sie die Büchsen, marschierten los, und auf ihren Hüten schwangen Federn synchron hin und her. Auf halber Strecke hielten sie inne, von unsichtbarem Arm kommandiert, fassten sich an die Ranzen und lachten simultan. Dann paradierten sie wieder und die Schnallen auf ihren Schuhen klapperten unisono, was im Konzert mit den Hutfedern ein schönes Bild ergab. Doch da stoppten sie abermals, griffen nach den Flinten, legten an, und Franz Hofer riss die Augen auf. Für Sekunden starrte er an die Decke, wo sich der Morgen grau abzuzeichnen begann, Motoren murrten in seinen Ohren und seine Lippen formten tonlos Worte, denen es noch an beabsichtigtem Sinn mangelte. Ruckartig richtete er sich auf, sein Magen knurrte.

Der Küchentisch bereits gedeckt, hatte er vorm Schlafengehen erledigt, auch Pulver in den Filter gehäuft. Er knipste die Kaffeemaschine an, und indes sie vor sich hinröchelte, tanzten ihm erneut Hutfedern vor die Augen. Seit Wochen träumte er wirres Zeug, und jeder Traum endete mit dem Aufmarsch der Männer in den dicken Strümpfen. Er schmierte Magermargarine auf zwei Scheiben Knäckebrot, sein Hausarzt hatte ihn provoziert, „mein lieber Hofer", hatte Doktor Schütz gewarnt, „wenn Sie so weitermachen, sind Sie in zehn Jahren ein toter Mann." Vorm Tod hatte er keine Angst, aber der Kredit für die Wohnung wäre erst in elf Jahren abgestottert, und den Tag, an dem er diese sechzig Quadratmeter sein Eigen nennen konnte, würde er erleben! Achtundfünfzig dann, er zupfte sich ein Haar aus der Nase, musste augenblicklich niesen. Bekam er noch Besuch heute? Seine Mutter hatte das immer behauptet. Nach jedem Niesanfall putzte sie sich heraus in Erwartung unangemeldeter Gäste. An der Wand ihr Foto. Er sollte es mal abstauben. Sie lächelte, er seufzte, nahm einen Lappen, wischte ihr über die Wangen, die Stirn.

Dann schlurfte er ins Schlafzimmer, lüften tat not, sein Bauch vorgewölbt, hart. Franz öffnete das Fenster, und das Murren in seinen Ohren wurde aggressiv. Eine Vespa sägte sich wichtig, fast wie in Italien, dachte er, und an die Werbeaktion einer Partei. Mittlerweile waren die Plakatnasen ins Altpapier gewandert, wochenlang hatten sie Sprüche gerotzt, Kinderspiel statt Drogendeal und ähnlichen Mist. Er stopfte sich das Hemd in die Hose, er hatte nie Drogen genommen, wer brauchte denn so was. Gut, was brauchte man schon? Bestimmt nicht Träume von Männern in dicken Strümpfen! Vielleicht wüsste Schütz Rat, teuer genug war er ja. Ging fast nichts mehr auf Kasse, jeder, der eine Pinzette von einem Tupfer unterscheiden konnte, empfing jetzt privat. Ein Freund hatte erzählt, in Italien führten sie Alterskontrollen am Zigarettenautomaten nun per Gesundheitskarte durch. Praktisch, hatte man die Krebsler gleich am Radar. Er hatte nie geraucht, wer brauchte denn so was.

In der Tram verschlafene Gesichter, Jugendliche mit seltsamen Zipfelmützen und Riesenkopfhörern über diesen, als wären sie unterwegs zur Schicht mit dem Presslufthammer, eine Frau in ihren Schal versunken. War doch Sommer! Häuser ruckelten an der Scheibe vorbei, Franz musterte sich, seit drei Wochen Knäcke, mittags und abends Krautsuppe, ins Fenster zitterte ein Doppelkinn. Ein Fassförmiger stieg zu, bei dessen Anblick er sofort an den Typen denken musste, der ihm kürzlich den rechten Arm stramm in den Schlaf gestreckt hatte. Aufgedunsen und mit Kaninchenscharte. In Schwarzweiß dieser Traum, das hatte ihm beim Frühstück Kopfzerbrechen bereitet. Durchfall auch, weil der Feiste abrupt gerufen hatte, „an die Ruhr, Kameraden!" Und hurtig waren die Hutfedern in ihr Tänzchen verfallen. Ein Gespräch mit Schütz war wohl unausweichlich, Franz verließ die Tram.

Ihn fröstelte, er fühlte sich schwach, sein Schritt jedoch von einer Leichtigkeit, die ihn berauschte. Am Kiosk kaufte er sich die neueste Ausgabe des *Philatelisten-Freund*, die Verkäuferin sah ihn abwägend an, seine Augen leuchteten. Ja, deutlich abgespeckt. Elf Kilo. Zwölf? Heute Abend überprüfen. Das Magazin zur Tupperdose in den Rucksack, er zog ihn über die Schulter, wieder diese Schwerelosigkeit, als hingen seine Glieder an Schnüren, von fremder Kraft bewegt, er dachte an die Büchsen. Schon als Kind hatte er Schießbuden auf Jahrmärkten gemieden, war er stets der Sammler gewesen.

Staubige Windschutzscheiben, Rollläden rasselten hoch in der Allee, an Fassaden verzweigten sich Schatten. In der Auslage zur Rechten andere Dessous als gestern, aus der nächsten gleichbleibend selbstsicheres Grinsen, von Büchern gerahmt. Er las keine Romane, an den Haaren herbeigezogene Geschichten, die hohen Stirnen entwuchsen, wer brauchte denn so was. Irgendwann würde auch diese Nase geschreddert und durch eine neue ersetzt werden, so einfach war das. Licht floss über Autodächer, er schaute zur gegenüberliegenden Häuserzeile, saß plötzlich auf einem Hungerast. Aus dem Supermarkt trat ein Mann mit gelbem Helm, an seinen Händen pendelten durchsichtige Nylontaschen, bis an den Rand gefüllt mit Wurstsemmeln. Franz schaukelte, der Gehsteig wellte sich, wurde fest. „Fresst euch doch zu Tode", zischelte er, blickte an sich hinab. War noch einiges zu tun. Nicht allein der Wohnung wegen. Dort ließe es sich gut zu zweit leben. Breites Kreuz, muskulöse Oberarme, der Maurer.

Krautgeruch nahm ihm den Atem, Franz stupste einen Keil unter die Ladentür, der Briefkasten quoll über. Hatte er vergessen, ihn auszuheben? Er löste die Zunge vom Gaumen, „Wasser", sagte er laut vor sich hin. Reklame, Buchstaben wie Wurfgeschoße, typographische Scharmützel. Dazwischen ein senfgelbes Kuvert, Sondermarke, er öffnete den Umschlag. Rasch überflog er die Auflistung, fingerte eine Karte hervor: „Mit freundlichem Gruß aus Mülheim."

Die Dielen quietschten weniger laut als vor Wochen, Franz lachte auf. Er warf die Post auf den schweren Schautisch aus Walnussholz, der gut ein Drittel des Verkaufsraums einnahm, zog das Tuch von der alten Registrierkasse, die Wand hinter dem Pult mit Schubladen verbaut. Flink, der Kollege, Respekt. Vor ein paar Tagen erst hatte er ihn angeschrieben, weil einer der Männer mit den Ranzen die Parole Mülheim ausgegeben hatte. Musste was bedeuten! Neue Tauschmöglichkeiten? Er stand mit Sammlern aus halb Europa in regem Austausch, gegenseitig versorgten sie sich mit Zirkularen, das Neueste die Briefmarke betreffend. Den Mülheimer hatte er bisher nicht im Verteiler gehabt. Nochmals besah er die Liste, leider nichts Besonderes dabei.

In der Tür, fast schwarz im Sonnenlicht, ein Hund, Kopf zur Seite geneigt. Franz klatschte in die Hände, und der Köter zischte ab. Wenn er was nicht ausstehen konnte, dann Viecher, die für eine Scheibe Wurst alles taten.

Er betrat den durch einen Vorhang vom Laden abgetrennten Stauraum, eigens eine Kochplatte angeschafft hatte er sich, auf ihr der Aluminiumtopf. Die Abendration würde er streichen. Und ab morgen ein Schnittchen Knäcke. Neue Limits! Der Gedanke zwang ihn auf alle viere. Die Handflächen und Zehenspitzen fest in den Boden gedrückt, fünf, sechs, mehr ging nicht. Er wälzte sich auf den Rücken, Rumpfbeugen, als er aufstand, sah er kurz schwarzweiß. Der Feiste, woher kannte er den? Er wusste ihn keiner Begegnung zuzuordnen. Ein Zeitungsartikel? Altpapier also. Zurück in den Verkaufsraum – irgendetwas hatte er doch tun wollen? Einerlei, der Tag war lang, mal ein bisschen raus.

Ein Straßenkehrer wie aus dem Lego-Kasten, bloß mit Zigarette im Mundwinkel, Franz nickte dem Mann an der Schubkarre zu, rieb sich den Rücken am Türrahmen. Im Bausatz gab's nur flache Bäuche. Vorm Supermarkt ein junges Paar, beide eine Tüte in der Hand, ekelhaft. Seine Eltern hatten ihm kindheitslang verboten, auf der Straße Eis zu schlecken, das mache man nicht, anderen Menschen die Zunge zeigen. Schon der Vater Kurzwarenhändler, der Großvater auch. In der Familie hielt man auf die Tradition. Er spannte die Bauchmuskeln an. Dennoch hätte seine

Schwester das Geschäft übernehmen sollen, aber nach ihrer Heirat – ihr erster Mann kein Freund von Nadel und Öse. Schade, so hatte er die Arbeit im Elektrofachhandel aufgeben müssen, Radios verkaufen, das war's gewesen, Franz leckte sich über die Lippen. Wasser trinken wollte er, klar doch! Der Straßenkehrer pausierte, lehnte sich an den Karren und biss in ein Wurstbrot. Kauend starrte er in die Auslage mit den Dessous.

Beziehungsunfähige Männer seien schwul, hatte seine Schwester neulich am Telefon verkündet. Die musste es wissen, grad in der zweiten Scheidung, Hobbypsychologin und Expertin für royale Katastrophen. In Wartezimmern bekam sie Panikattacken, kannte ja alle Artikel in den Revuen, die noch nicht geschriebenen dito. Franz stellte das Wasserglas ab, zum x-ten Mal zählte er die Garnspulen durch, wurden einfach nicht weniger. Vielleicht gleich zu Schütz, die Dickstrümpfe trieben bereits tagsüber ihr schurkisches Spiel mit ihm. Er schob die Lade zurück in den Schautisch, öffnete die nächste. Kaum konzentrierte er sich nicht auf die Arbeit, rückten sie aus, vorhin hatte der Kehrer unversehens eine Hutfeder am Kopf. Zwirne in diversen Qualitäten, an der Längswand gegenüber Bordürenmuster. Wann hatte er zuletzt einen Reißverschluss verkauft? Der moderne Mann trage Hose mit Knopfleiste, so die Schwester bei Gelegenheit, er fasste sich an den Bund, die Blähungen heute enorm.

Der Vormittag ein Trapez jetzt, das immer tiefer in den Laden rutschte und nach der Auflistung des Mülheimers fing. Franz lugte auf die Tabelle. Einiges aus dem Fünfundsiebziger-Jahrgang – die Lasker-Schüler hatte er selbst in der Sammlung, Frau mit Schnute, als hielte sie sich ein Handy ans Ohr. Auch die Marke zum Fünfhundertsten Michelangelos besaß er, und schau an, der Deutsche, das Erstausgabedatum hatte er notiert, 14. Februar 1975. Vier Tage später, er erinnerte sich genau, hatte er sich das Bein gebrochen, Schikurs Bad Gastein. „Der fette Franz hat einen noch fetteren Gips!", hatten die Mitschüler gehöhnt. Und Ohrfeigen vom Vater, nichts als Ärger hätte man mit ihm. Dabei hatte er es lediglich seinem Idol gleichtun wollen, das einen Monat zuvor den ersten Triumph auf der Kitzbüheler Streif eingefahren hatte.

Er zog die Liste näher an die Augen, die Zeilen verschwammen, er horchte auf. Ein Knarzen, die Dielen federten, da wuchs der Feiste in die Tür, zerfiel, und der Boden war wieder eben. Franz fing an zu schwitzen, sein Herz schlug heftig, das musste aufhören, wer brauchte denn so was! Ein pochender Schmerz im Bein, ihm schien, genau an jener Stelle, wo er es sich einst gebrochen hatte. Er rieb sich das Knie, aus seinem Bauch ein Blubbern, „sei still", schrie er, „seid alle still!" Er griff nach dem leeren Glas, es fühlte sich schwer an, er musste etwas tun! Die Schwester – verstand sie sich aufs Deuten von Träumen? Zuzutrauen wär's ihr, wenn die eigenen platzten, wurde man sensibel für die anderer, sonst gäb's keine Seelenklempner.

Hatte seine Mutter gesagt. Lange bevor sie in der Psychiatrischen gelandet war. Der alte Schütz hatte die Überweisung veranlasst. Franz stützte sich auf die Tischplatte, sie franste aus, floss zurück in ihre Kanten. „Raus", stöhnte er, „rasch!"

In der Allee radierte der Sommer Flecken in Hemden und Blusen, ölig glänzten Hälse und Gesichter. Sie hatten keinen Blick für die Snackbar, aus der es zu jeder Tageszeit nach abgestandenem Fett stank. Franz schirmte die Augen ab, das Hämmern im Bein verflüchtigte sich, er schöpfte Mut. Mehr Wasser trinken, das wäre die Lösung, zur Selbsthilfe hatte die Mutter geraten. Eine Frau verharrte unter der Markise einer Boutique für Trachtenmode, gab sich einen Ruck, steuerte den Zeitungskiosk an. Das Magazin fiel ihm ein, er fächerte sich Luft zu, schloss die Tür, sein Atem wieder ruhig. Er ließ die Jalousien herunter und wendete die Lamellen, bis die Schubfächer hinterm Kassapult quergestreift waren. Dann schnappte er sich Papier und Stift, willens, den Gespinsten Herr zu werden, notierte er: Männer mit Büchsen, vermutlich unterwegs zu feistem Kerl mit Kaninchenbiss und Schirmmütze – ach, das brachte doch nichts, der Kugelschreiber schlitterte über den Tisch, Franz zerknüllte den Zettel.

Eines Traums waren die Männer in einen Kleinbus gestiegen, hatten dort Karten gespielt und sich Witze erzählt, deren Inhalt er nicht erinnern konnte. Schnaps gekippt hatten sie, oder? Und einen Grenzbalken hatte er gesehen, die Landpartie lag folglich ein paar Jahre zurück. Aber keine Zöllner. Ein versteckter Hinweis? Hatten sie ihre Flinten nicht deklariert, hatte man sie artig durchgewinkt? War es denn wirklich ein Kleinbus? „Verdammt, so macht doch endlich das Maul auf!", schrie Franz Hofer, sein rechter Arm schnellte hoch –

Unmerklich schwenkte er auf dem Drehsessel hin und her, verschränkte die Arme über der Brust, indes sein Fuß wippte. An der Unterlippe knabberte er nun, sein Blick wurde bohrend, er tippte sich an die Nase, sein Mund öffnete sich in einem Schnalzlaut: „Sie sind mir vielleicht einer."

Hätte nicht herkommen sollen, dachte Franz, in der Ecke ein Knochenmann, dessen Glieder zu schlackern schienen, als das Telefon klingelte. „Kein Wunder, dass Sie Gespenster sehen", weißlackierte Eisenschränke, aus dem Vorraum die Stimme der Blonden, die sich in terminlichen Belangen verlor. Er schaute Doktor Schütz fragend an, „Sie sind mir vielleicht einer", wiederholte der, lehnte sich zurück und legte die Hände in den Nacken. „Kraut und Knäcke, mein lieber Hofer, wer da keine Wahnbilder entwickelt, ist verrückt von vornherein." Seine Füße scharrten, er rollte sich hinter den Schreibtisch, griff nach dem Brieföffner und zeigte mit dessen Spitze auf Franz. „Eine Gewichtsreduktion habe ich anempfohlen, aber doch nicht auf diese Weise! Mehr Gemüse, weniger Bratwurst, statt drei Flaschen Bier pro Tag drei in der Woche, und Finger weg vom Schnaps, das habe ich gesagt."

Neben dem Skelett eine gerahmte Fotografie, die Gischt in eine Augenblickssekunde gebannt als Explosion am Felsen. Auf diesem drei Surfer, Bretter unterm Arm, einer der Flachbäuche Doktor Schütz. Von dessen langjährigem USA-Aufenthalt wusste Franz, der Arzt ließ keine Gelegenheit aus, darauf hinzuweisen, wenn sein Tonfall privat wurde. Er hörte sich dann an, als wäre ihm Deutsch eine teigige Fremdsprache, deren Wörter er im Mund zu einem amerikanischen Klang verbacken wollte. Schon lange kein Bier mehr, Schnaps sowieso nicht.

„Radikalkur sofort abbrechen, das ist Irrsinn, was Sie da machen! Morgen sehen wir uns wieder, lassen Sie sich draußen einen Termin geben. Und gegen die Winde verschreib ich Ihnen was." Schütz erhob sich, Franz mühte sich hoch, der Doktor blickte an ihm vorbei, „Ihre Mutter war Patientin meines Vaters?", fragte er leise. „Ach, vergessen Sie's!", schloss er dann kräftig, geleitete Franz zur Tür, legte ihm den Arm um die Schulter. „Kraut", kauderwelschte er plötzlich und schüttelte den Kopf.

Hätte nicht herkommen sollen, dachte Franz erneut, aber vorhin war ihm jäh schwarz vor Augen geworden, grad noch den Arm hatte er hochgebracht, um sich an der Kasse festzuhalten. Ohne Gruß an der Blonden vorbei, er verließ die Ordination. Im Stiegenhaus roch es modrig, hinter einer Tür Hundegebell, aus einer anderen Wohnung stampfende Rhythmen. Wer brauchte denn so was, er trat auf die Straße hinaus, atmete durch. Der alte wie der junge Schütz konnten ihm fortan gestohlen bleiben.

Schlank stehe ihm zwar ausgezeichnet, aber ein bisschen blass sehe er aus. Die Buchhändlerin lachte. Sein bestelltes Buch sei längst eingetroffen, sie habe es ihm schon ins Geschäft bringen wollen. Franz kratzte sich am Kinn, er las den Spruch auf dem Banner hinter der Kassa: *In einer Buchhandlung leiht man keine Bücher, weil man solche in einer Bücherei auch nicht kauft.* Bereits vor drei Wochen war ihm der Satz – tatsächlich, wie hatte er das vergessen können, der neue Michel-Katalog! Sein Blick ihr nach zum Abholfach, er solle sich doch ein wenig umsehen, warf sie ihm über die Schulter zu, viel Neues sei ja nicht eingetroffen seit seinem letzten Besuch.

Links von ihm ein Tisch mit Büchern jenes Autors, dessen Grinsen ihn ins Geschäft gelockt hatte. Er griff nach einem Buch, auf dem Cover ein Schaukelbrett, befestigt an goldenen Seilen, die nach oben hin spitz zuliefen, sich in Nachtbläue ausdünnten. Auf der Rückseite ein paar Sätze, von einer bezaubernden Parabel war die Rede, Franz schluckte, sein Darm rumorte. Mit dem Buch in der Hand zu einem der Lesesessel, er ließ es fallen, riss den Mund auf. Der Feiste, den Arm stramm vorgestreckt, Männer mit Ranzen bildeten einen Halbkreis um ihn!

„Ein Ladenhüter", hörte er die Buchhändlerin sagen, sie war neben ihn getreten. Rein wissenschaftliches Werk, reich bebildert, es handle von einem Tiroler, wenn sie sich recht entsinne, egal, der Kerl sei jedenfalls ein Riesen-Nazi gewesen, nach dem Krieg abgetaucht und Mitte der Siebziger irgendwo in Deutschland gestorben. Aber an solchen Schweinen bestehe heutzutage kein Interesse mehr, Remissionsware kurzum.

Franz kämpfte, schweißnass die Stirn, neben ihm die Verkäuferin, deren Nasenflügel zitterten, als sammelten sich in ihrer Luftröhre Flüche. Ihn schwindelte, er presste die Pobacken zusammen, kam nicht dagegen an, ein mächtig spürbares Flattern in der Hose. Ihre Augen weiteten sich, sie schlug die Hand vors Gesicht, fing an zu grunzen. Kurz sah sie ihn an, bückte sich nach dem Buch, das er fallengelassen hatte, reichte es ihm und verschwand Richtung Kassa. Sein Finger strich über den Umschlag, schnellte zurück. Auf dem Schaukelbrett saß der Straßenkehrer, zog an der Kippe, durchs Geschäft schlingerten Rauchfäden. Franz vernahm ein lautes Surren, der Raum teilte sich wie ein Reißverschluss, „an die Ruhr, Kameraden!", brüllte der Feiste, sein Gesicht gefror zur Totenmaske. Männer umstanden einen Sarg, Salutschüsse krachten, Federn schwangen synchron hin und her. „Was macht der Schütz da", wollte Franz schreien, doch seine Mutter fuhr ihm beruhigend durchs Haar, löste sich auf in Garnspulen, „mit freundlichem Gruß aus Mülheim", sangen Tabellen, aus dem Bücherregal pendelte der Maurer, um seine Finger gewickelt eine Leine, der Hund, den Kopf zur Seite geneigt, fast schwarz –

Ob sie die Rettung rufen solle? Die Stimme der Buchhändlerin rückte näher, seine Arme lagen schwer auf den Lehnen des Lesesessels. Ächzend griff er nach dem Glas Wasser, das sie ihm in die Hand drückte. Mit jedem Schluck sah er klarer, wurde sein Hunger größer. „Fühlen Sie sich wieder besser?", fragte sie, „Kraut", antwortete er, es klang sehr amerikanisch. Er dürfe das nicht auf die leichte Schulter nehmen, sagte sie, wobei, die Hitze, auch ihr setze sie zu, aber er solle mal zum Arzt. Er winkte müde ab, auf seinen Schenkeln lag ein Roman, den er nie lesen würde. Langsam richtete er sich auf, spürte, wie der Schweiß ihm in die Socken rann. Den Katalog werde er später abholen, er verabschiedete sich, trat vor die Buchhandlung.

Schatten friedeten Fassaden ein, eine Vespa fräste sich in die Nachmittagsstille. Mit weichen Knien überquerte Franz die Straße, seine Nase folgte dem Geruch von abgestandenem Fett. Die Auslage der Trachtenboutique spiegelte ihn wider, sein bleiches Gesicht, die Augen tief in den Höhlen, er lächelte. Schön, dass es auch Frauen in dicken Strümpfen gab.

Samsas Erben

„Kafka hat mir den Vater ausgetrieben und mich somit immerhin einer Kindheit erspart, der ich zur Schreckgestalt geworden wäre, weil Eltern immer zur solchen werden, von vornherein." Er schaute über meine Schulter hinweg zu einem der Monitore, auf denen die Gates und Abflugzeiten angezeigt wurden, kniff die Augen zusammen. Lachte dann auf, „die Römer haben Boarding", sagte er und: „Mögen Sie Rom?"

Ich war in Gedanken noch bei Kafka, zog die Braue nach oben, woraufhin er: „Mir geht es ähnlich, eine schreckliche Stadt, Neapel, naja, Florenz, vielleicht, aber Rom, niemals. Wer will schon in eine Stadt, in die alle Wege führen, was lediglich bedeuten kann, dass man dort Hinz und Kunz trifft, Hinzin und Kunzin auch, wollen doch politisch korrekt bleiben, nicht wahr?"

Er stand unvermittelt auf, „entschuldigen Sie kurz", zeigte auf sein Gepäck, „haben Sie ein Auge darauf?" Ohne meine Antwort abzuwarten, kehrte er mir den Rücken, ich musste an meinen Vater denken, erschrak. Fühlte mich beobachtet, fing selbst an zu mustern, das mir anvertraute Gepäck, ein kleiner Rucksack und ein Stoffbeutel mit der Aufschrift *Squaring the circle*. War mir mein Vater nicht eine Jugend lang damit in den Ohren gelegen? Seit der ersten Reise ohne Eltern und immer wieder: Lass dir von Fremden niemals ein Gepäckstück andrehen. Er hatte Drogen darin vermutet, dabei selbst mit welchen gehandelt, nein, mein Alter und ich, wir waren selten miteinander klargekommen. Ich erschrak abermals, wann hatte ich ihn zuletzt Alter genannt?

Mittlerweile pflegte ich ein entspanntes Verhältnis zu meinem Vater, seit seiner Pensionierung war er zugänglicher und in manchen Belangen vom Heiden zum Kirchgänger geworden. War ihm früher jedes Mittel recht gewesen, seine Meinung durchzusetzen, heiligte er jetzt den Zweck des Zuhörens. Auch den des Lesens, was hatte er Romane verteufelt, das Leben finde außerhalb dieser Fiktionen statt. Die unverwüstlichen Clarks, die er immerzu getragen hatte in Erinnerung an seine erste Investition mit eigenem Geld, waren in der Mülltonne gelandet. Nun trug er jene unsäglichen Gummipantoffeln, die man zurzeit an jedem Kinderfuß zu sehen bekam, meine Mutter hatte sie ihm aufgeschwatzt. So war sie mitverantwortlich für seine Verwandlung, was er der seit Jahren überzeugten Vegetarierin dankte, indem er die einst als Accessoires geschmähten Beilagen auf dem Teller jedem Fleischgericht vorzog. Und wie der ehemalige Pillendreher nun in missionarischem Eifer auf die Heilkraft der Kräuter schwor, das mutete beinahe an wie eine Verspottung seines früheren Apothekerlebens.

Dies alles ließ sich belächeln, aber gut, auch ich hatte mich verändert. Inzwischen war mir jede Dienstreise eine Qual, Flüge vermied ich, wenn es ging, stets von dem Gedanken geleitet, dass das Glück irgendwann aufgebraucht sein müsse. Meine Technikgläubigkeit kehrte erst bei Landungen wieder, bis dahin hielt ich einen Lapislazuli-Skarabäus in meiner Hosentasche fest umfangen, Geschenk meiner Mutter, nahm es zu Arztbesuchen ebenso mit, ein Horror, Vaters Angst vor Diagnosen, und was wird dann aus den Kindern? Niemals aber würde ich warnen vor –

Wo blieb der Typ, meine Maschine ging bald. Was tun, wenn er nicht rechtzeitig auftauchte? Die Gepäckstücke liegen lassen, einen vermeintlichen Bombenalarm auslösen? Warum vermeintlich, schoss es mir durch den Kopf, ich begann zu schwitzen. Allerdings, mir wurden zwei Stücke überantwortet, und das sprach doch eindeutig gegen ein Attentat, beruhigte ich mich, der Rucksack reiche für einen Anschlag aus oder eben der Stoffbeutel. Letzterer nur Tarnung? Ich griff zur Wasserflasche, trank gierig, ließ dabei den verdammten Beutel nicht aus den Augen. Die Aufschrift ein Hinweis? *Squaring the circle.*

Square, das war der Platz und Circle hieß Kreis, versuchte ich den Sinn der Sequenz zu erfassen, spürte Hass in mir aufsteigen. Was hatte ich den Alten doch angefleht, mich an einem Sprachcamp in England teilnehmen zu lassen, in Worthing, Eastbourne oder Bournemouth, alle meine Mitschüler durften, was für mich nicht in Frage kam aus Gründen, deren Inhaltslosigkeit mein Vater mit Lautstärke zu füllen trachtete. „Ich scheiß auf die Roaming-Gebühren", schrie ich nun zurück, riss mein Mobiltelefon aus der Sakkotasche, googelte *Squaring the circle.* Zumindest brauchte ich mich jetzt nicht mehr beobachtet zu fühlen, ich wurde gescannt von Blicken, hatte andere Probleme, Schweißgeruch kroch mir in die Nase, warum dauerte der Aufbau der Seite so lang. Dann endlich, Squaring the circle, Cuadratura del círculo, die Quadratur des Kreises als klassisches Problem der Geometrie, in vielen Sprachen Metapher für eine unlösbare Aufgabe.

„Da haben wir's", brüllte ich, „ein unlösbares Problem", Röntgenblicke folgten meinem Fingerzeig auf den Stoffbeutel, eine Frau schrie „oh my God". Und brachte mich mit ihrem Ruf immerhin äußerlich zur Besinnung, ich ließ meinen noch ausgestreckten Finger in eine beschwichtigende Handbewegung abgleiten, lächelte unbeholfen, starrte auf das Handydisplay. Klammerte mich mit der anderen Hand an den Glücksbringer in meiner Hosentasche, war innerlich kaum noch zu bändigen, hetzte meinen Gedanken nach, Worthing, Squaring the circle, Kafka, kam fortwährend an bei meinem Vater. „Hättest du bloß nie damit angefangen, ich habe dich immer gewarnt", hörte ich ihn abbeten, den heiligen Pillendreher, mir war nach einer Zigarette, aber in diesem verfluchten Terminal gab es keine Raucherzonen. Ich stand auf, hielt Ausschau nach dem Stoffbeutelbesitzer, wo blieb der Kerl nur? Und wie hieß er gleich?

Wir hatten uns in der Abflughalle kennengelernt, waren ins Gespräch gekommen, was mir sehr angenehm gewesen war, dankbar für jede Ablenkung von meiner Aerophobie. Aber hatte mir sein Äußeres nicht sofort als schlechtes Omen erscheinen wollen? Dieser Existenzialisten-Look! Passend zu seinem schwarzen Aufzug die dunklen Ringe unter den geröteten Augen, als hätte er nächtelang nicht geschlafen oder der Vergänglichkeit des Seins nachgeweint. Er lebe seit Jahren in London und arbeite als Journalist für ein Nachrichtenmagazin, hatte er mir erzählt, und dass er sich gerade mit einer Story über verbotene Insektizide beschäftige, eine sehr persönliche Geschichte, hatte er ergänzt und mein Staunen über diesen Nachsatz zerstreut mit der Frage – und Sie? Ich hatte ihm vom Dermatologen-Kongress erzählt, zu dem ich nach London gereist war, hatte von der UV-Belastung gefaselt, die unserer Haut weit größeren Schaden zufüge als Zigaretten. Unsere Haut sei kein Panzer, hatte er leise kommentiert.

Gregor Samsa! Der Name hatte mir vorhin partout nicht einfallen wollen, ich nahm wieder Platz. Hatte der Stoffbeutel nicht rechts vom Rucksack gelegen? Ich schlug die Hände vors Gesicht, kam gegen das Kichern nicht an, sosehr ich es auch versuchte, presste die Schenkel aneinander, währenddessen ich zu grunzen anfing und alsdann in Gelächter verfiel. „Oh my God", japste ich in jene Richtung, aus der mir der Ruf vor wenigen Minuten – sah die Frau, ihre unmissverständliche Mimik, die mich an meinen Vater erinnerte, weil mich alles nur noch an ihn erinnerte, selbst der Apfel in ihrer Hand oder die Krücke ihres Begleiters, ja, auch die Zeitung, in die ein Reisender sich nun wieder vertiefte, meines lächerlichen Anblicks müde. Und Recht hatte er, wie ich an mir hinabschauend mit Entsetzen feststellte: Das waren nicht meine Hände, das waren nicht meine Beine und das waren schon gar nicht meine Füße, die in läppischen Sandalen steckten, wo ich Sandalen doch hasste, abgrundtief hasste von Kindheit an. Nein, das war nicht ich, und wenn, wollte ich nichts mehr zu tun haben mit mir, das war vorbei. Ein anderer saß jetzt hier, ein anderer hatte sich vor aller Augen verwandelt in einen Waschlappen, von Panik bezirzt, was rein mythologisch betrachtet immerhin das Grunzen erklärte, mir aber nicht weiterhalf. Denn ich wuchs ihm unter die Haut, schrumpfte ihm nach bis an die Füßchen, die nicht mal bis zum Boden reichten. So befreit uns doch endlich von diesen läppischen Sandalen, hastete es ihm über die Zunge und mir aus dem Mund. Und die mir mittlerweile bekannte Frau biss in den Apfel und ihr Begleiter griff zur Krücke und der Zeitungsleser – keine Reaktion von ihm. Doch er beobachtete mich aus den Augenwinkeln, ich spürte das, die ganze Zeit schon hatte mich der Grauhaarige beobachtet, mir schien, er schaute mir auf die Füße, ja doch, der Alte grinste! Ich wollte aufspringen, doch das Sandalenkind hielt mich zurück, flüsterte mir ins Ohr: Du trägst – scheu blickte ich an mir hinab, das waren weder meine Hände, meine Beine noch meine Füße, Letztere aber steckten tatsächlich in meinen geliebten Boots, schweineteuer die Dinger, ich hatte sie mir während der Studienzeit vom Mund abgespart. Ich schlug mir vor Freude auf unbekannte Schenkel, hielt mir einen fremden Bauch vor Lachen, mit anderen Worten, ich musste mir eingestehen, verrückt geworden zu sein. Und fragte mich, womit ich das verdient hatte.

Ich war doch nur ein kleiner Dermatologe mit großer Arztphobie, Sohn eines Pillendrehers und nunmehrigen Kräutergurus, war auf der Rückreise von einem Kongress, bei dem es um die Ehrenrettung topischer Kortikosteroide ging, war im Terminal auf einen Mann gestoßen, der immer noch auf sich warten ließ, hatte mich lediglich bei ihm erkundigt, ob er Kinder habe. „Kafka hat mir den Vater ausgetrieben", seine Antwort darauf, und ich war sogleich auf der Suche gewesen nach dem Namen des Protagonisten aus der einzigen Erzählung, die ich je von Kafka gelesen hatte, vor vielen Jahren. Dass mir Gregor Samsa im Gedächtnis geblieben war, erstaunte mich wenig, ich hatte ein Referat über die Erzählung gehalten. Ich schloss die Augen, und die Abflughalle löste sich auf in mein Jugendzimmer, wo ich über Kafkas Erzählung gebeugt am Schreibtisch saß. Mein Vater öffnete die Tür, wie immer krabbelte mein Blick von seinem Kinn abwärts, ihm käfergleich über die Brust, die Hosenbeine hinab bis an die Clarks. Er kam gar nicht erst näher, stand in den Rahmen gelehnt und fauchte: „Was liest du da schon wieder?" Und ohne meine Antwort abzuwarten, kehrte er mir den Rücken.

„Entschuldigen Sie, ich musste noch mit meiner Mutter telefonieren, deshalb – wo waren wir stehengeblieben?"

Der Existenzialisten-Fuzzi, war es zu fassen. Ich spürte ein heftiges Stechen in der Hand, zog sie aus der Hosentasche, sah den Abdruck, „bei einem Schriftsteller aus Prag", presste ich hervor.

„Prag? Hatten wir nicht von Rom gesprochen?"

„Aber Sie haben doch Kafka erwähnt."

„Ach so, ja, diesen Satz habe ich irgendwo mal gelesen, ist Jahre her, ist mir unter die Haut gegangen, wenn ich mir einem Dermatologen gegenüber diese Phrase erlauben darf."

„Und haben Sie nun Kinder", wurde ich ungeduldig. Er schaute über meine Schulter hinweg zu einem der Monitore, griff plötzlich zu seinem Gepäck, er müsse sich jetzt sputen. Zwar könne sein Vater nicht mehr davonlaufen, das wäre selbst ihm ein aussichtsloses

Unterfangen, aber: „Wenn ich den Flug versäume, schaffe ich es nicht zu seiner Beerdigung."

Ich erhob mich mühsam, war erschüttert, musste an meinen Vater denken. Sah meinem Gegenüber in die Augen, die dunklen Ringe, passend zu seiner Trauerkleidung. Brachte kein Wort heraus, gab ihm die Hand. Seufzend drehte er sich ab, ging Richtung Schalter, vor dem sich auch die Frau mit ihrem Begleiter und der Grauhaarige eingefunden hatten. „Mein Beileid", rief ich ihm leise nach, just in dem Moment aber wandte er sich zu mir um und lachte mir ins Gesicht.

Windburgen

Seinen ständigen Begleiter nicht zu ignorieren, kostete sie wenig Mühe. Kennengelernt hat sie die beiden an einem Sonntagmorgen, im September vergangenen Jahres. Sie kam aus der Nacht, betrat im Abspann der Ausgehlaune die kleine Bäckerei mit den Stehtischen. Mittels Alkohol und Musik aus einer nicht enden wollenden Lebensphase zu tanzen, war erneut Wunsch geblieben. Um sie herum war eine Mauer gewachsen, und wieder war da niemand gewesen, der sie hatte niederreißen und ihrem Zaudern ein Ende setzen können. Unter eine Beziehung, die keine mehr war, einen Schlussstrich zu ziehen, sie schaffte es nicht.

Zwei Croissants ließ sie sich einpacken, wollte zum Ausgang, als ein Mann sich stürmisch an ihr vorbeidrängte, um ihr die Tür zu öffnen. Irritiert von seiner Aufmerksamkeit, brachte sie kein Wort heraus, schaute unterdessen zu einem der Stehtische. Dort blickte just in dem Moment einer von seiner Zeitung auf und sah sie an, als hätte er auf sie gewartet. Sie vernahm ein Seufzen, und derjenige, der ihr die Tür geöffnet hatte, trat ins Freie. In sein abermaliges Seufzen hinein legte sie die Hand bereits auf den Stehtisch. Der Kerl sah sie immer noch an, dann kurz zu Boden, wieder auf: „Er beißt nicht", sagte er. Unwillkürlich wich sie einen Schritt zurück. „Angst vor Hunden?" Tatsächlich fürchtete sie sich vor Hunden von Kindheit an. „Spaniels sind gutmütig", sagte er, „schau nur, wie er dich ansieht, er mag dich."

Wallsdorfs Augen tränen, die Kälte fährt ihm scharf ins Gesicht. Da reißt er beide Hände aus der Manteltasche, macht abrupt kehrt und schlägt der Länge nach hin. Fluchend rappelt er sich hoch, reibt sich die Knie und besieht seine Handballen, gespickt mit Streukies sind sie. „Watson vergessen", schnauzt er der jungen Frau ins fragende Gesicht, sie ist hinter ihm die Straße hinabgegangen. Im Schnappen nach Luft bleibt ihr der Mund offen. „Entschuldigung", murmelt er, in seiner Manteltasche vibriert das Telefon. Er will danach greifen, seine Finger ertasten ein Feuerzeug, er gibt sich einen Ruck, eilt an ihr vorbei wieder in jene Richtung, aus der er soeben gekommen ist.

Über den Steg auf die andere Flussseite, dann die Uferstraße entlang. Bald hätte er den Laubengang erreicht, an dessen Ende der Supermarkt. Mit jedem Schritt wächst sein Grimm, Watson vergessen, für verrückt wird Vera ihn erklären, und er muss ihr beipflichten. Quietschende Bremsen reißen ihn aus den Kopfbildern, eine getönte Scheibe gleitet herab: Ob er blind sei? Wallsdorf sieht den Autofahrer neugierig an, muss an die Frau von vorhin denken, ihr offenstehender Mund, der sich in einem Lächeln schloss. Sie hatte einen blauen Kurzmantel getragen, zum Saum hin leicht ausgestellt, seitlich versetzt die Knopfleiste, auf dem Kopf eine Wollmütze mit kleinem Schild. Er wischt sich ihren Anblick aus den Augen, der Autofahrer tippt sich an die Stirn. Wallsdorf nickt, greift sich ans giftig pochende Knie. Was ihn aber wirklich schmerzt, ist eine Gewissheit, für die er noch keine Worte hat. Aus ihm bellt eine Sehnsucht wie zuletzt nur an jenem Sonntagmorgen im September.

Krümel, eine zerknüllte Serviette, Hund jedoch keiner. Gleichwohl hörte sie sich fragen: „Wie heißt er?" Seine Antwort ein Sprungbrett ins Geplauder über ein unterschätztes Genre, amerikanische Krimis seien den deutschen überlegen, „übrigens, ich heiße Vera." Sie redeten sich in einen Rausch, ihre Sätze fanden sich, wie es schien, schwirrten gemeinsam aus der Bäckerei, kehrten zurück unter den Stehtisch, nahmen erneut Anlauf. Über Watsons Ohren gelangten sie in die Oper, zu Rockkonzerten, von dort in Tanzlokale und diverse Kneipen, für Schnaps sei es zu früh, „nehmen wir noch einen Kaffee?"

Sie bestellte zwei Cappuccini, er orderte später zwei Espressos, die Frage, „und was machst du so beruflich", war noch nicht gestellt, da hoben die Glocken vom nahen Dom zum Zwölfuhrläuten an.

Schnitzel oder Tafelspitz? Sie hatten das Lokal gewechselt, er brütete über der Speisekarte, die vorwiegend Kulinarisches von Rind und Schwein antrug. Er habe keinen großen Hunger, wolle vielleicht nur – sie entschied sich für Schnitzel, er tat es ihr gleich, statt der Pommes aber Salat, um seinen zwanzigjährigen Vegetarismus nicht gänzlich zu knicken. Er erzählte von seinen Luftschlössern, die sie zeitgemäß nannte, sie könne das ihre dazu beitragen und wolle fortan umfangreiche Kredite für seine Bauvorhaben bereitstellen, arbeite sie doch in einer Bank. Er grunzte vergnügt und verschlang sein Schnitzel, ohne mit der Wimper zu zucken.

„Hast vergessen, bist wieder am Windburgenbauen, ja?" Wallsdorf lächelt, die Kassiererin drückt ihm die Einkaufstasche in die Hand. Er hat ihr einmal erzählt, dass seine Aufgabe als Architekt hauptsächlich darin bestünde, Luftschlösser zu bauen, mit denen seine Auftraggeber noch jeden Maurer in die Verzweiflung getrieben hätten. Er mag ihre Art, mit der sie Kunden von Teuerungsraten ablenkt, kein Supermarktbetreiber könnte ihr das mit Geld aufwiegen. Freilich, was weiß er von ihr? Ihre Tagesabläufe kreuzen sich, vermeintliche Berührungspunkte. Seinen Kaufgewohnheiten kann sie ablesen, dass er gerne Schokolade isst. Tut sie dies ebenfalls, haben sie etwas gemeinsam, Verbundenheit lässt sich das kaum nennen. Unschlüssig spielt er die Einkaufstasche von einer Hand in die andere. Ob die Frau im blauen Mantel auch gerne – Wallsdorf atmet tief durch die Nase, sein Hals fühlt sich rau und trocken an, seine Schritte hallen durch die Arkade.

Spaniels bräuchten Auslauf, es folgte ein Spaziergang durch den Stadtpark, wo er nach ihrer Hand griff. Sie verzogen sich auf eine Bank, um mit dem Begonnenen fortzufahren, hernach einander umschlingend die Enten im Teich zu beobachten. Dabei drifteten sie stimmlos ab in eigene Gedanken unter einem herbstklaren Himmel und einer Sonne, die immer noch wärmend durch die Baumkronen brach. Deren Farben aber konnten so hell nicht aufflammen, als dass Vera nicht das erste Mal seit Stunden die dunklen Konturen eines anderen wahrnahm. Hinter jedem Strauch schien er zu warten und den Park mit Kälte zu entlauben. Sich von ihm zu trennen war schwieriger als ihn zu lieben, zu oft schon hatten sie die Beziehung beendet für die Aussicht auf einen Neuanfang. Sie schloss die Augen, spürte seine Schulter, dass er jetzt nichts sagte, wertete sie als gutes Zeichen.

Ihm war zwar nach Reden, aber er fand keine Worte, am wenigsten für sich selbst. Gedanklich kehrte er ins Gasthaus zurück, saß einer Frau gegenüber, von deren Existenz er vierzig Jahre nichts gewusst hatte und die mit einer simplen Bestellung die Hälfte seines Lebens ad absurdum führte, er hieß mit frohgelaunter Geste den Kellner einen Gruß an die Küche ausrichten, das Fleisch sei zart und saftig gewesen. Nun lag ihre Hand in der seinen, und er wusste nicht, wohin mit sich.

„Hiergeblieben, Watson."

Er sah sie überrascht an, sie zeigte über seine Schulter zu einem Paar, an dessen Seite ein Golden Retriever seine Kreise zog. „Rüde oder Weibchen!", rief er, sprang auf. Die beiden drehten ab, sie lächelte, er verstand es, ihr gutzutun. Sie blickte zwei Menschen nach, und eine Traurigkeit überkam sie im Glück.

Sein Appartement inspizierte sie, nachdem sie miteinander geschlafen hatten. Der beste Sex seit langem, versicherten sie einander und dachten, nach einer Gewöhnungsphase würde es auch im Bett besser klappen. Aber der Rausch verflogen, und die Wirklichkeit eine unterkühlte Wohnung mit Flatscreen, Glastisch und Ledergarnitur.

Er stand gedankenverloren am Fenster, „ich muss jetzt los", sagte sie. Vorbei am Briefkasten mit der Aufschrift Wallsdorf, dachte sie an Watson und wünschte sich nichts sehnlicher, als sich in jenen Mann verlieben zu können, der sie einen Vormittag und länger einen anderen hatte vergessen lassen.

Das Knie schmerzt, die Griffe der Tasche schneiden ein. Wallsdorf versucht, sich auf seine Schritte zu konzentrieren, die in Selbstverständlichkeit vorantreiben, nur eine Richtung zulassen, währenddessen seine Gedanken kreisen. Bilder schieben sie ihm vor die Augen, Vera, ihr dickes, blondgestuftes Haar hat sie wie immer zum Pferdeschwanz – mit einem Mal trägt sie einen blauen Mantel, er zieht ihn ihr rasch aus. Seit Wochen hat er sie nicht gesehen, er hört das Kratzen eines Eisschabers. Am Ende des Laubengangs angekommen, hat er keine Lust mehr, in sein Leben zurückzukehren.

Kaum zwei Stunden, nachdem sie sich verabschiedet hatte, stand sie erneut vor der Tür. Ob sie sich Watson ausleihen könne? Sie wolle joggen gehen. Und wieder witterten die Worte Zukunft. Sie lachten über den ungestümen Schlapphutträger, der ihr morgens in der Bäckerei so rasant die Tür geöffnet hatte. Ein stadtbekannter Schreiberling, er könne aber weder seinen Namen noch den Titel eines seiner Werke erinnern, sagte er, was sie sehr schade fand. Er öffnete eine Flasche Wein, eine zweite –

Es gebe Wichtigeres als Zahlen, sie sprach von misstrauischen Kunden, die immer schon wussten, dass das wahre Übel hinter dem Schalter laure, von ihrem Chef, und dass der ein ziemliches Arschloch sei. Ein Egomane schlechterdings und von einer Kälte, die sprachlos mache. Wertschöpfung und Gewinnmaximierung, sie befürchte, bis ins Beziehungsleben hinein. Er nickte in einem fort, leerte ein Glas ums andere, im Bett war er nachher eine Null.

Vier Wochen später sein erster Besuch bei ihr, Jugendstilambiente mit barocken Versatzstücken, Louis-seize-verdächtig der Lehnstuhl, in dem er schwungvoll Platz nahm, was ihm einen kritischen

Blick einbrachte. Neben dem Stuhl ein Mahagoni-Tischchen, darauf einige Bücher, zuoberst *Das Labialkomplott*. „Klingt spannend", sagte er, sie warf den Kopf in den Nacken. Er blätterte im Buch, blieb an der hinteren Umschlagklappe hängen: Ein Allerweltsgesicht glotzte ihn an, und klar, dass dem ein Schlapphut zum Erkennungszeichen werden musste.

Zwar beschäftigte ihn das Buch, warum sie es gekauft hatte, wollte er wissen, aber er schwatzte von ihren Möbeln, und dass die bestimmt ein Vermögen gekostet hätten. Sie winkte ab, eine beste Freundin besitze einen Antiquitätenladen in der Stadt. Und die Preise für Antiquitäten seien ohnedies im Sinkflug, der Markt derzeit mit Objekten überflutet, die seien in Relation zu ihrer Qualität deutlich unterbewertet. Eine gute Einsteigeranlage, ihr Arschloch von Chef sei derselben Meinung, im Übrigen habe sie sich vorgestern endgültig von ihm getrennt. Was sie kaum noch für möglich gehalten habe, sei fürwahr geglückt. Watson sei Dank. Ob sie zwei Espressi machen solle?

Der wütende Autofahrer fällt Wallsdorf wieder ein, die Uferstraße entlang, in seiner Manteltasche abermals ein Vibrieren. Der Abend bei Vera tritt ihm vor Augen, und wie er von ihr fort und von einer Bar in die nächste, auch an der Bäckerei mit den Stehtischen vorbei. Das erste Treffen mit ihr, seine Scheu. Er beißt nicht, hat er gesagt, blöder Spruch, aber sie weicht sofort einen Schritt zurück. Und hätte er zuvor nicht einen Artikel über Joe Cocker gelesen – Watson? Seiner Vorliebe für die Romane von Arthur Conan Doyle geschuldet. Das sich daraus entwickelnde Gespräch mitreißend und geradewegs hinein in die Vorstellung, sich in diese Frau verlieben zu können. Dabei ist sie nicht sein Typ, jedoch die Art, wie sie seine Grundsätze aushebelt! Nie ist ihm nach Kindern gewesen.

Wallsdorf stellt die Einkaufstasche ab, massiert sich die Finger. Er nimmt Platz auf dem Betonsockel einer abmontierten Bank, hinter ihm Straßenlärm, vor ihm der Fluss. Er zieht sein Zigarettenetui aus der Manteltasche. Der Abend, sein Rausch, ihre Unverfrorenheit.

Ihren Espresso schlug er aus, verlangte einen Digestif, Hohn in seinem Gesicht, auf einen Schlapphutträger wolle er anstoßen. An ihren jahrelangen Lebensmenschen fühlte sie sich erinnert, diese Arroganz! Zur Wehr setzte sie sich, lieber Schlaffes am Kopf als im Bett, schrie sie und attackierte ihn. Beiden zöge sie fortan einen unsichtbaren Hund vor!

Aber es bedurfte aller Routine, um die Arbeitstage zu bezwingen, ihrem Ex wich sie aus, so gut es ging. Vier der sieben Jahre mit ihm ein Antreten im Ring, ein Hängen in den Seilen. Nie zuvor war ein Mann so leidenschaftlich zwischen ihren Beinen, doch nach dem Vögeln nur Leerstellen. Sie wuchsen, verschlangen bald alles, was sie sich ersehnt hatten, ein gemeinsames Leben, Kinder. Sie hing an diesen Träumen, er machte sie sich zugunsten, indem er nach jeder Trennung das Blaue vom Himmel versprach. Und jeden ihrer Schritte guthieß – eine eigene Wohnung, hervorragend, die räumliche Trennung würde die Beziehung beleben. So zwang er sie, noch mehr zu riskieren, alle inneren Widerstände aufzugeben, bis er sie in der Hand hatte. Um ihr dann wieder mit Empathie zu begegnen oder mit Vorwürfen: Dass sie nicht mit ihm zusammenwohnen wolle, zeige, wie wenig ihr an den einst gefassten Plänen liege, an einer Beziehung, die ohnehin krank sei von vorne bis hinten. Paralysiert vom Lebenstraum mit diesem Mann, hatte die Lähmung übers Aufwachen hinaus angedauert. Sie sah keine Tür aus seiner Gegenwart und niemanden, der ihr eine öffnete. Bis zu jenem Morgen in der Bäckerei.

Windburgen, Wallsdorf lächelt, schnippt die Zigarette weg, ihm ist kalt. Er fasst sich an die Ohren, eine Mütze wär nicht schlecht, eine Mütze mit Schild! Man wisse ja nie, wer vor der Tür auftauche, hat Vera einmal gesagt. Selbst wenn sich durch die Sprechanlage am Haustor ein Bekannter ankündige, ein anderer könnte im Stiegenhaus auf seine Chance warten. Der stehe dann auf der Türschwelle, einen Blumenstrauß in der Hand oder ein Messer.

Motorengeräusche, der Fluss monoton, diese Gleichgültigkeit. In der Ferne Hundegebell. „Wir hätten uns nicht wiedertreffen dürfen", sagt er laut vor sich hin.

Tage später, kein Wort über das letzte gemeinsame Abendessen. Dennoch stand es vor ihnen wie ein Spiegel, in dem sich ihre Blicke trafen und in unvereinbare Richtungen echoten. Ihr setzte die Trennung zu, er fand keine Möglichkeit, dies zu unterbinden, es sei denn, er brachte einen Spaniel ins Spiel, der ihm immer deutlicher vor Augen trat, sie lachte, rückte ihm wieder näher.

Kino, Konzerte, Ausstellungsbesuche. Wanderungen, vom Herbst in den Winter. Paarleben. Auch mit Einsetzen der Vorweihnachtshektik. Ihre Besserwisserei begann ihm auf die Nerven zu gehen, seine Unbelehrbarkeit machte sie rasend. Cappuccini!, weil auch niemand Skontos sage, sie als Frau vom Fach kenne sich da wohl aus. Er nannte diese Wortklauberei kleinbürgerlich und erschrak über ihren Wutausbruch. Wenn sie dieses Wort schon höre, bloß ein Spießer könne es verwenden. Wie sie den Unterschied zwischen Kleinbürger und Spießer definiere, fragte er, ach, sie möge sich die Antwort sparen. Nur wenn sie über Watson sprachen, vergaßen sie, dass sie einander fremd waren.

Er sagte ihr nicht, was er fühlte, dass ihre Hand nie ihn berührte, wenn sie miteinander schliefen, und er verschwieg, dass auch er anfing, an eine Namenlose zu denken, bis er in ihr kam. Dabei vermied er es, ihr in die Augen zu schauen, weil er ahnte, dass ihr Blick an ihm vorbei zur Decke ging, als schwebte dort ein anderer.

Sie indessen suchte nach der Arbeit nun oft die Bäckerei mit den Stehtischen auf. Oder sie holte ihre Freundin vom Antiquitätenladen ab, hierauf gingen sie meist ins Vinopasta. Über ihn sprach sie wenig, man werde sehen, sie sei sich nicht sicher, irgendwie – ihre Freundin nickte stets, während sie Spaghetti aufwickelte, irgendetwas fehle immer, sagte sie wiederholt und hievte sich Nudeln in den Mund. Lieber redete Vera ohnehin über jenen Roman, den sie verschlungen hatte, den Bestseller *Das Labialkomplott*.

Das Buch handelte von einer Frau, die im Theater einen Mann kennenlernte. Nach Vorstellungsende bot er sich an, sie ein Stück zu begleiten. Der Weg führte sie durch einen Park mit Kinderspielplatz, wo er ihr plötzlich einen innigen Kuss gab, den sie ebenso warm erwiderte. Dann wurde sie von ihm auf ein Schaukelbrett gehoben, dieses von ihm kräftig in Schwingung versetzt, und dieweil sie nun so hoch- und niederwippte, winkte er ihr noch eine Weile zu und verschwand. Von diesem Kuss an kehrte die Frau jede Nacht zurück aufs schmale Brett der Sehnsucht, wie es in dem Roman wörtlich hieß, um Ausschau zu halten nach jenem züngelnden Attentäter. Doch ihr Tun blieb nicht unbemerkt, und beim Versuch, sie von der Schaukel zu zerren, trat sie einem der Gesetzeshüter allzu schwungvoll ins Gemächt. Vor Gericht glaubte sie im Vorsitzenden ihren Küsser zu erkennen, sprang auf und knutschte ihn fast vom Stuhl. Der Richter stieß sie von sich mit den Worten, die gehöre doch in die Klapse.

Zweimal hatte Vera den Roman gelesen, brachte ihn ihrer Freundin ins Vinopasta mit, es sei ja bald Weihnachten. Die Beschenkte lachte mit Blick auf die Umschlagklappe – den Schlapphut kenne sie, der

Typ habe einmal einen Biedermeier-Sekretär bei ihr gekauft.

Ein kleines grünes Feuerzeug gleitet Wallsdorf durch die Finger, lange schon will er es wegwerfen, kann sich irgendwie nicht davon trennen. Er schüttelt es am Ohr, zündet sich eine weitere Zigarette an, zählt die Stummel am Boden, jede Sucht ist ein Hund.

Der Weihnachtsabend steht wie ein Film vor seinen Augen: Wie er sich das vorstelle, brüllt Vera, ihre Augen verengen sich zu Schlitzen. Ein Kind? Sie würden sich gerade mal drei Monate kennen! Er sei selbst ein Kind, laufe mit einem erfundenen Spaniel durch die Gegend, und überhaupt, diese Beziehung sei doch krank von vorne bis – sie beißt sich auf die Lippen, steht auf: „Verzeih, ich glaube, es ist besser, du gehst. Entschuldige, dass ich ausgerechnet –"

Wallsdorf tritt die Zigarette aus. Er sieht sich, wie er den Mantel überstreift, ihre Wohnung verlässt, eine Straße rennt er entlang, wenig Verkehr und später in der Fußgängerzone kein Mensch. Der Film führt ihn vor eine Confiserie, in der Auslage Engel in grotesken Gestaltungen, Bonbonnieren mit Schleifen, handgeschöpfte Schokolade, bei Vera ist mit Süßem kein Stich zu machen, er will eine rauchen und –

Am Stephanitag ein SMS, es tue ihr aufrichtig leid, dass sich alles so entwickelt habe, man könne doch in Freundschaft verbleiben, die vergangenen drei Monate seien für sie ein großes Geschenk gewesen. „Da liegt der Hund begraben", tippte er, löschte die Antwort wieder, schrieb: „Hab aus Versehen dein Feuerzeug eingesteckt."

In der Silvesternacht erneut ein Gruß, er ließ ihn unbeantwortet. Jede Nacht zog er los, indes er trank, verkürzte sich Watson, bis er verschwand. Um ihn am nächsten Morgen anzukläffen, wenn er in irgendeinem Bett aufwachte, eine Fremde neben sich, die ihn aus versoffenen Augen ansah. Und sich vermutlich weniger über ihn wunderte als die drei Könige, denen er kurzerhand die Tür vor der Nase zuknallte, während in seinem Rücken das Telefon ihm den Eingang einer neuen Nachricht signalisierte: Sein Schweigen mache sie rasend. Das Feuerzeug könne er sich sonstwo hinstecken. Typisch Mann, kein Fick und Funkstille!

Sie wusste, sie tat ihm Unrecht, bereute es aber nicht, die Beziehung beendet zu haben. Der Zeitpunkt sei ungünstig gewesen, bekundete sie im Vinopasta ihrer Freundin, die widmete sich den Nudeln und schwieg. „Außerdem hat er einen unsichtbaren Hund, der Typ ist doch komplett irr", schrie sie über den Tisch, ihre Freundin nickte, sie habe den Roman mittlerweile gelesen.

Auch er versuchte dies, vorm *Labialkomplott* gab's kein Entrinnen, die unsägliche Schlapphutfresse griente aus allen Buchhandlungen. Schon nach wenigen Seiten gab er auf, schenkte das Buch der Kassiererin vom Supermarkt, die ihn anstrahlte, als wäre er der Autor selbst. Am Morgen des 23. Januar fing er unterwegs zu einem Termin trotz Eiseskälte an zu schwitzen, als er Veras Nummer am Display aufleuchten sah. Heute vor vier Monaten hätten sie sich kennengelernt, wäre das nicht ein erfreulicher Anlass, sich abends in seiner Wohnung auf ein Glas zu treffen?

In seiner Tasche vibriert das Telefon ein drittes Mal. Eine Absage, zwei Entschuldigungen dafür. Er schaut hinüber zum anderen Flussufer. In seinem Beruf komme es bestimmt auf den Blick fürs Detail an, hat sie einmal gesagt. Nicht nur im Beruf, will er ihr jetzt erwidern. Er öffnet eine Flasche Wein, wiegt das Feuerzeug in der Hand und holt aus.

Gut eine drei viertel Stunde später klingelt er an Veras Tür, sie öffnet nicht. Er fischt das Handy aus dem Hosensack, legt das Feuerzeug auf die Fußmatte und verlässt das Haus. Beide Hände in den Manteltaschen vergraben, geht er heimwärts, ihm ist leicht. Bald betritt er den Steg, gelangt wieder an jene Stelle, wo er vorhin ausgeglitten ist. Schmal tailliert der Mantel, beige Wildlederstiefel, nein, graue, absatzlos auf jeden Fall. Wallsdorf blickt sich um.

Als auch ihre dritte Nachricht unbeantwortet bleibt, macht sie sich auf den Weg. Nie hätte sie ihn anrufen dürfen heute Morgen. Das Treffen würde in seinem Bett enden – und dann? Sie war aus einer Beziehung ohne Gegenwart in eine ohne Zukunft geflohen. An der Bäckerei mit den Stehtischen schwankt sie kurz, aber ihre Beine wollen weiter, einfach weiter. Wohin, weiß sie nicht, über Jahre hat sie ein Verlangen getrieben, treibt sie immer noch, wohin nicht, wenigstens das weiß sie jetzt.

In ein Kaffeehaus, über dem Eingang eine große Uhr, kurz nach sechs. Sie blättert in einer Zeitung, greift nach dem Telefon, gleich halb sieben. Plötzlich fühlt sich ihr Hals rau und trocken an. Eine Frau im blauen Mantel betritt das Café, an ihrer Seite – rasch zieht sie die Zeitung höher, lugt über deren Oberkante. Unversehens muss sie an jenen Mann aus dem Roman denken und sieht sich selbst auf einer Schaukel sitzen.

Auf dem Heimweg verspürt sie eine Unbeschwertheit wie seit Jahren nicht, freut sich auf ihre Wohnung, ihre Bücher, auf ein Leben, das noch kommen mag. Als sie in ihre Straße einbiegt, ein SMS: „Ich befürchte, du hast Recht." Du auch, grinst sie, nicht mal im Kaffeehaus hat er den Schlapphut abgenommen. Durchs Treppenhaus hinauf in die dritte Etage, dort angekommen, lacht sie hell auf: Watson sitzt vor der Tür.

Der Fall Branzer

Für Branzer ist das passé. Ausschlafen bis zum Weckruf des Hungers und nach dem Frühstück mit Freunden etliche gepflegte Biere. Mittlerweile verursacht ihm jeder Tag Stress, ein Wort, das Branzer nicht mag, aber sich ein anderes zu überlegen, dazu hat er keine Zeit. Ansehen bringt ihm seine Arbeit nicht immer, und schlecht bezahlt ist sie obendrein, doch mehr als Anwesenheit wird von ihm nicht verlangt. Die lässt er sich vergelten und sichert sich und seinem Vermieter ein gemeinschaftlich gutes Gefühl. Damit sich dieses nicht verliert, achtet Branzer penibel darauf, dass ihm niemand seinen Unterhalt streitig macht. Dazu muss er schon mal die Ellbogen ausfahren, um etwaige Nebenbuhler, vermehrt Frauen neuerdings, vom Trittbrett zu jagen.

Es ist sieben Uhr morgens, Branzer hat schlecht geschlafen, warum, will ihm auf die Schnelle nicht einfallen. Einerlei, er hat nun zu tun und schmiert Leberwurstbrote, wie er sie für einen Müllmann für schicklich hält. Müllmänner essen Leberwurstbrot, das war immer so, denkt Branzer. Und sie trinken Tee aus Thermoskannen, daher prüft er gewissenhaft, ob der Verschluss auch fest zugedreht ist, denn dampfen muss der Tee, an dem der Müllmann sich labt.

Das Telefon klingelt, Branzer reibt sich die linke Schulter und weiß unversehens wieder, warum er schlecht geschlafen hat. Ein Traum hatte ihn in einen Park gelotst, dort fuhr irgendwer das Bein aus. Infolge dieses Schelmenstücks eines Unbekannten klatschte Branzer bäuchlings hin, rollte sich dann über die Schulter ab in Rückenlage, seine typische Schlafposition also. Stimmig allemal, denn als plötzlich die Visage seines Kumpels Ferdi über ihm auftauchte, schoss Branzer auf und saß kerzengerade im Bett.

Immer noch das Telefon, Branzers Hand an der Schulter, die ihn seit Tagen schmerzt. Als er zum Hörer greift, verstummt der Klingelton. „Ich darf nicht nachlassen", flucht er und wird augenblicklich muffig. Doch niemand da, an dem er seine Laune abstreifen kann. „Was hat der Depp in meinem Traum verloren!" Kaum ist's ihm über die Lippen, packt ihn Reue, denn ohne seinen einstigen Saufkumpan – „ja, ich habe dir den Einstieg ins glückliche Berufsleben zu danken", spricht Branzer ins jäh wieder aufflackernde Nachtbild hinein. „Aber jetzt schleich dich, ich muss los!" Als wär's eine Aufforderung an sich selbst, schon zehn nach sieben, rasch ein Kontrollblick auf Brote und Kanne, über der Lehne die Latzhose in saftigem Orange, zwischen den Stuhlbeinen säuberlich geparkt und griffbereit die klobigen Stiefel. Muss alles wie am Schnürchen laufen heut.

Branzer eilt ins Schlafzimmer, schlüpft in königsblaue Sportshorts, dazu ein ursprünglich weißes, aber mit Liebe grau und schlabbrig gewaschenes Doppelrippunterhemd, ein bleifarbener Arbeitsmantel darüber. Tennissocken an die Füße, diese in braune Schlapfen. So hat ein Hausmeister auszusehen, denkt Branzer. Abermals klingelt das Telefon.

Die Dürre vom Amt. Sie sei froh, ihn endlich zu erreichen. Während sie spricht, lässt Branzer die Küchenuhr nicht aus den Augen, schneidig sagt er dann: „Auf keinen Fall." An seinem Willen scheitere es nicht, aber er habe um zwölf Uhr fünfundvierzig bereits den nächsten Termin, nachmittags sei er ohnehin verplant, weil auf Streife. Und nach Einbruch der Dunkelheit als Müllmann, das mache wenig Sinn. Diesem Argument kann sich auch die Frau vom Amt nicht verschließen und legt auf. Kurz das Gefühl der Benommenheit, Branzer zieht die Schulterblätter zusammen, um den Brustkorb zu weiten. Ein Blick auf die Uhr – und Abmarsch!

Nach halbstündiger Fahrt betritt Branzer die Wohnanlage, in der er dreimal die Woche Dienst tut. Dabei muss er durch Korridore schlurfen, Sicherungskästen öffnen und die Hausmeisterprüfermiene aufsetzen. Kommt ein Mieter des Wegs, kratzt Branzer sich bisweilen in Eigeninitiative am Kinn, was er fraglos nicht in Rechnung stellen kann. Der mürrische Gruß an die Hausbewohner jedoch gehört zum Berufsbild, mangelndes Engagement diesbezüglich gestattet sich Branzer nicht. Mit einem hervorgepressten 'Morgen oder einem bärbeißigen 'Abend bedenkt er die Mieter. Um ihnen zusätzlich den Anschein einer möglichst wochenflächigen Betreuung der Immobilie zu verbürgen, macht er dies montags und freitags zwischen acht und neun, mittwochs von siebzehn bis achtzehn Uhr, sonach bei Lichtverhältnissen, die alle Rechtschaffenen dazu nützen, das Haus Richtung Arbeit zu verlassen oder wieder von ihr zu kommen. Kinder grüßt Branzer prinzipiell nicht, für heranwachsende Söhne hat er ein Kopfnicken übrig, frühreifen Töchtern zwinkert er zu und schnalzt im Beisein ihrer gründlich missachteten Mütter mit der Zunge. Damit folgt er ganz dem vom Arbeitgeber ans Herz gelegten Hausmeisterknigge. Dieser sieht ferner die Beschimpfung jeglicher Vierbeiner vor, ob Hund, ob Katz, Sauviecher sind's, die alles vollscheißen, was Branzer nur äußert, wenn er die Tierhalter in unmittelbarer Nähe weiß. Die beharrlich vorgebrachten Beschwerden der Mieter beim Hauseigner wertet dieser als positives Zeichen. Er ist zufrieden mit Branzer, zahlt ihm ein Achtel des herkömmlichen Lohns eines Hausmeisters, spart einen solchen ein, für Branzer und Besitzer ein gutes Geschäft.

Branzers finanzielles Auslangen gewährleistet jedoch vor allem die Stadtverwaltung. Mehrmals täglich erhält er Aufträge aus diversen Ämtern, wird zum Briefing vorgeladen oder muss zum Rapport. Inzwischen kennt er mehr Vorzimmerdamen als Familienmitglieder, was er nicht für fade Techtelmechtel missbraucht. Die Angst, eine dieser grauen Mäuse wolle ihn, dessen Geschäftsmodell immer besser in Schwung kommt, mit einem Kind an sich binden, lässt ihn bei hartem Druck zu Gewerblichen gehen. Aber selbst für Vergnüglichkeiten dieser Art mangelt es ihm oft an Elan, er ist abends zu müde. Dabei hatte alles so kraftvoll knallend begonnen im Sommer vor drei Jahren.

Das Ächzen des Bettgestells kam nach dem Hungergefühl, kein durchs Schlafzimmer donnernder Zug hätte ihn wecken können. Er tapste in die Küche und an den Herd, mit der einen Hand klaubte er die Ravioli vom Vortag aus dem Topf, mit der anderen rupfte er die Unterhose aus der Falte. Er öffnete die Kühlschranktür, griff nach der Flasche, mit ihr ans Fenster, er spülte den kalten Teiggeschmack mit einem Schluck Cola weg. Noch hatte sich das Kratzen in der Kehle nicht verflüchtigt, da zündete er sich eine Zigarette an und riss das Fenster auf. Ein satter Rülpser in den Hof schloss Branzers Frühstück ab. Nun konnte der Tag beginnen, zwei Aspirin zum Espresso beim Pizzaheini auf dem Weg ins Karat und schon lud fast jedes Frauenbein wieder ein zum Tanz durch beschwingte Fantasien.

Im Stiegenhaus traf er die Blonde von Top vier, ein gutes Zeichen, denn noch immer hatte der Tag ihm eine Überraschung beschert, wenn er dieser ausnehmend reizlosen Frau begegnete. Einmal war ihm ein Fünfzigeuroschein unter die Füße gekommen, ein andermal hatte ihn der Hund des Drogenfahnders ignoriert. Und kürzlich war ihm nach einer Begegnung mit ihr auf dem täglichen Weg ins Karat an einem besetzten Haus erstmals der Schriftzug aufgefallen: Die Stadt, in der ich lebe, gleicht der Stadt, in der ich nicht lebe. Ein simpler Gedanke, zugleich aber Balsam auf Branzers freimütigste Blessur: Der Satz sprach ihn von jeglicher Verbindlichkeit frei. Wenn die Stadt, die auf ihn verzichten konnte, jener glich, in der er lebte, musste auch dieser wenig an einem Beitrag von ihm liegen. Und alles wegen der Blonden von Top vier, mit der Branzer in den Momenten der Erkenntnis am liebsten geschlafen hätte. So rasch ihm das Hochgefühl vom Kopf in die Hose geplumpst war, hatte es sich verabschiedet, doch die kurze Liaison mit der Unabwendbarkeit des Seins fing an, in ihm zu ticken.

Schon nach wenigen Minuten klebte Branzer das Hemd an der Brust. Schade, dachte er mit einem Mal, würde ich irgendwann Großvater werden, könnte ich den Enkeln mit einem Sommer, wie er früher einmal war, in den Ohren liegen. Tja, die Blonde, immer für eine Überraschung gut. Zuvor jedoch müsste er sich mit Vaterschaftspflichten seinen Lebensstil ruinieren, ohne Vaterschaft wäre das – Branzer blieb abrupt stehen. Sein Blick glitt über Glatzen, dann nackte Körper hinab. Er fuhr sich durchs schütter gewordene Haar, spürte ein Kribbeln in den Beinen. Die beiden

Kerle hatten keine Schwänze, sie umstanden eine Frau, deren Brüste man nicht berühren mochte. Ein nacktes Trio, sechs leblose Augen starrten Branzer an. Er fasste sich an die Eier, sein Atem ging schneller. Er hob die Schultern, senkte sie wieder, fühlte sich sonderbar ertappt, wusste nicht wobei.

Zwei Typen traten hinzu, legten Hand an. Gebannt folgte Branzer ihrem Tun, zog dabei bald ihren Unmut auf sich, wofür er keinerlei Verständnis aufbrachte. War es seine Schuld, dass sie bei brütender Julihitze in einem Schaufenster ins Schwitzen kamen? Die Sonne knallte ihm auf den Hinterkopf, die Arme über der Brust verschränkt stand er gut eine Stunde breitbeinig vor der Auslage. Dann wechselte er kurz die Straßenseite, um sich am Imbiss Stärkung zu holen. Mit einer Currywurst am Pappteller und einer Dose Bier kehrte er vor das Fenster zurück. Die Dekorateure hatten mit seiner Anwesenheit zu arbeiten gelernt, ignorierten ihn, manchmal aber schien es Branzer, als würde er ein ihn betreffendes wohlwollendes Wort von ihren Lippen ablesen. Um Punkt vierzehn Uhr dreiundzwanzig grüßte der Herbst aus dem Schaufenster.

Zehn Minuten später betrat Branzer mit hochrotem Kopf und Sonnenbrand im Nacken das Café Karat. Wo er so lange bleibe und ob gestern mit der kleinen Dunkelhaarigen noch was gelaufen sei? Beide Fragen beantwortete Branzer mit einem Griff an die Nase und sagte: „Der September liegt in der Luft." Er solle sich erst mal setzen, was trinken und nach der nächsten

Line wäre bestimmt wieder Sommer, vielleicht gar Frühling. Doch Branzer war bereits auf einer Spur, die der Wirklichkeit den Boden unter den Füßen wegzog, er spürte eine Idee im Anflug. Bis zu ihrer Landung sprach aber in der Tat nichts gegen den Vorschlag der Freunde.

Branzer blickte in die Runde, seine Droogs, wie er sie manchmal nannte, in Anlehnung an *A Clockwork Orange* von Kubrick. Anders als die Originale schlugen sie längst nicht mehr mit Knüppeln um sich, sondern mit Worten. Er nahm Platz, seine Spiegelbilder, schien ihm plötzlich, allesamt Anfang vierzig. Sie hatten sich in verschiedenen Berufen versucht oder wenig profitable Firmen gegründet, waren von einer Pleite in die nächste geschlittert und hielten sich mit Gelegenheitsjobs über Wasser. Branzer trank einen Schluck, das kleine Erbe, von dem er zehrte, in zwei Monaten wäre es durchgebracht. Seinen Beruf als Röntgenassistent hatte er nie ausgeübt, das Bier schmeckte schal, warum Menschen in Röhren schieben, aus denen sie nie wieder herausfänden? Diese Apparate ließen sich nicht täuschen, das entsprach nicht seiner Vorstellung vom Leben. Ein Lied in Ohren summte er, „hey, hier kommt Branzer, Vorhang auf für" – mechanisch griff er zum Joint, inhalierte tief, hörte Takte aus Beethovens Neunter, Molto vivace, reichte die Tüte weiter. Sätze schlingerten an ihm vorbei: wäre, würde, hätte. Alles funktionierte, solange der Glaube an die Möglichkeit es erlaubte. „Das Modell Karat", sprach er vor sich hin, „das ist die Landebahn." Ferdi, der neben ihm saß, lachte auf, „flieg, Ikarus, nur Abstürzen ist schöner", schrie er durchs Lokal.

Blechernes Gelächter. Branzer maß seinen besten Kumpel aus den Augenwinkeln. Ferdi, der gelernte Bohemien mit dem abgebrochenen Medizinstudium auf der Visitenkarte, stammte aus einer Ärztedynastie, die bis zum Ururgroßvater zurückreichte. Er handelte mit allem, was er in die Finger bekam, kaufte und verkaufte wieder. Branzers Blick folgte Ferdis Fingerzeig. Er habe für den Schrott einen Käufer aufgerissen, der in Branzers Straße wohne, ob er die Sachen nachher mitnehmen könne? Branzer nickte, eine Fotokamera, ein Stativ, was er aber mit der Fischerweste wolle? Das sei doch keine Fischerweste, erwiderte Ferdi, sondern unentbehrliche Klamotte jedes Fotografen, die er dem Käufer für einen zusätzlichen Zwanziger aufgeschwatzt habe. Branzer nickte abermals, er dachte an die Dekorateure, die Blonde von Top vier, stand unvermittelt auf und sagte: „Heute ist was Großes passiert, ich habe drei Nackte im Schaufenster gesehen."

Abermals blechernes Gelächter. Es wurde ein typischer Nachmittag, Branzer hatte bald keine Lust mehr, laut zu denken, und auch seine Droogs drifteten ab ins Unaussprechliche, bastelten darin aus verpassten Chancen Perspektiven.

Vorm Karat, Branzer schlüpfte in die Weste, die Kamera um den Hals, das Stativ unter den Arm. Er kam an der Auslage vorbei, konnte sich kaum vom Herbstbild losreißen, als ein lauter Knall ihn herumwirbeln ließ. Nächtliche Schweißarbeiten am Gleis, er sah die Funken stieben, die Motorhaube, die Straßenbahn. Schon hörte er heraneilende Folgetöne, von den Häusern wehten Blaulichtfahnen, umspielten die Aufschrift der Imbissbude. Und, Schreck, ein Polizist grüßte ihn freundlich, die Presse sei mal wieder als Erstes vor Ort, sagte er zu Branzer.

Noch nachts rief Branzer Ferdi an, der um einige Ecken mit einem leitenden Redakteur der heimischen Tageszeitung verwandt war. Am nächsten Morgen saß Branzer diesem Mann gegenüber. Zwar beziehe man die Bilder aus dem Archiv oder erhalte irgendwelche Handyfotografien zugeschickt, aber für den professionellen Auftritt des Blatts wäre Branzer ein Gewinn. Er solle täglich eine halbe Stunde, bei freier Einteilung, gemächlichen, aber nicht gelangweilten Schritts und, bitte, mit zielstrebiger Miene durch die Straßen gehen. Das würde die Glaubwürdigkeit der Zeitung bei der Leserschaft stärken. Ein Wochenendzuschlag sei Verhandlungssache, liege aber im Bereich des Möglichen, da der Zeitungseigner, ein Typ der alten Schule, wie sein Gegenüber mit einem Augenzwinkern bemerkte, die Informationspflicht als tragende Säule seines Gewinns erachte und ihm die festen Mitarbeiter ohnehin schon seit Jahren den Blick verdornen würden. Anstelle des Handschlags ein Bier samt Schnaps in der Kantine, man war im Geschäft.

Im Anschluss machte sich Branzer auf den Weg zu seinem Vermieter. Der geriet aus dem Häuschen, besitze er doch eine weitere Immobilie am anderen

Ende der Stadt. Branzer könne gleich morgen dort anfangen.

Branzer fasst sich an den Oberarm. Schwül ist's, Kopf in den Nacken, Gefechtstürme ziehen auf, bald kracht's. Er wischt sich den Schweiß von der Stirn, eigenartig kalt ist der. Dann öffnet Branzer die Heckklappe, wirft den grauen Mantel in den Kofferraum, die Latschen ebenso. Er greift nach den Bergschuhen, die er vor Wochen in Schlamm gebadet hat und die einer Aufbesserung bedürfen, der Dreck bröckelt ab. Was ist mit dem Arm, er streift die Jacke über, zwei Seitentaschen, Brusttasche, verdeckte Knopfleiste, verstärkte Ellbogen. Branzers ganzer Stolz, hundert Prozent Baumwolle, hydronblau, kleidet Schlosser, Tischler, Installateure. Maurer auch. Er überprüft seine Hände, Dreck unter den Nägeln das Um und Auf. Sein Blick in einer 360-Grad-Schleife, niemand da, rasch zum Geranientrog. Reflexartig geht seine Nase dabei an die Achsel. Passt. Gestern nach der Sauna vorsätzlich nicht geduscht. Ein Hausmeister muss noch in den Gängen sein, selbst wenn er längst fort ist. Und ein Maurer ohne Schweißgeruch – wo führt die Bauwirtschaft hin?
 Die Firma, für die er arbeitet, gehört mehrheitlich der Stadt. Darf keiner wissen, das würde die Kämmerer in ein Subventionschaos stürzen, das der Landtag, in weiterer Folge die Republik nicht verantworten könnte. Supermärkte muss er abklappern, sich vor Wurst- und Käsetheken einreihen und bei

den Angestellten beiläufig einen Satz über das boomende Baugeschäft loswerden. Und dabei immer schön authentisch bleiben, für Branzer Ehrensache, flink eine Dose Bier und zwei Zigaretten im Akkord. Erinnert ihn an Karat-Zeiten, ergo kein Problem. Er setzt den gelben Helm auf, schnippt die Kippe weg, klemmt sich einen Bleistift hinters Ohr und steckt die kleine Tupperdose in die rechte Jackentasche. Branzer ringt nach Atem, durchhalten jetzt, heute schon Freitag.

Rein ins Geschäft, vor zur Theke. „Wir bauen für die Zukunft, toll, endlich ein Bürgermeister von Format am Ruder!" Die Verkäuferin sieht ihn abgestanden an. Hatte er die Stadtfuzzis nicht gewarnt, dass dieser Satz nie und nimmer funktionieren würde? Branzer kratzt sich am Kinn, „scheiße viel Arbeit", sagt er und, „leck mich am Arsch, momentan ist schwer was am Laufen." Die Frau hinter der Theke lächelt ihn an, „geht's euch gut, geht's uns allen gut", schnattert sie. Branzer nickt, seine Hand gleitet in die Jackentasche, der Maurer ohne Flatulenz muss erst erfunden werden, denkt er und öffnet die Tupperdose einen Spalt, das faule Ei kommt zum Einsatz. Auf dem Weg zur Kasse dreht er sich noch einmal um, die Verkäuferin fächert sich Luft zu, winkt ihm zugleich freudig nach.

Nach seiner mit dem Magistrat besprochenen Route durch zwanzig Supermärkte betritt Branzer gegen halb zwölf das Rathaus und liefert unzählige Wurst- und Käsesemmeln ab, dazu literweise Eistee und Limonade. Vor jedem fünften Markt hat er seinen Atem aufgefrischt, heute aber ab dem dritten auf eine Zigarette gedrosselt. Sein Schritt butterweich, die Schmerzen in der Schulter futsch. Bald hat auch er Mittag, will zuvor heim, duschen. Branzer schäkert mit den Vorzimmerdamen im Bürgermeisteramt, die Kleine findet er grad nicht schlecht, sie macht ihrem Namen keine Ehre, währenddessen ihre Kollegin durchaus Fassl heißen dürfte. Höflichkeit mein Name, sagt sich Branzer, „nichts für ungut wegen heute Morgen", ruft er der Dürren von der Abfallberatung von der Türschwelle aus zu und weg ist er.

Auf der Heimfahrt wird ihm übel und er weiß nicht, ob von den vier Bieren oder den Gedanken, die sie ihm durch den Kopf schäumen. Er muss anhalten, parkt den Wagen am Straßenrand, schließt die Augen. Und da ist plötzlich eine Stimme, wie es sie nur in Filmen geben darf, eine Stimme aus dem Off, wie bei Kubrick, denkt er noch, sie rückt näher, er mag sie nicht, will sie nicht – Branzer umklammert mit beiden Händen das Lenkrad, drückt seinen Körper fest in den Sitz, seine Stimme, „geh weg", brüllt er, „hau ab du" –

Dein Vermieter, der rechte Recke, hat kürzlich versucht, dich für die Partei zu gewinnen. Du seist schwul und mit einem Israeli liiert, hast du zu ihm gesagt, die Sache war vom Tisch. Hast du wirklich gehofft, er würde dir deshalb das Dienstverhältnis aufkündigen? Branzer, Branzer, Geschäft ist Geschäft. Er hat dich einst dem städtischen Obermüllsperrgutmeister vorgestellt. King Trash. Die stieselige Anrede ist dir zu lang, und König heißt er ja wirklich. Erinnerst du dich noch an Kings erstes Wort? Sauber, hat er gesagt, die Idee gefalle ihm. Die neapolitanischen Verhältnisse seien nur als solche erkennbar, weil kein Müllmann Abhilfe vortäuschen würde. Ähnlich argumentieren andere Amtsherren, bei denen du auf der Lohnliste stehst, nicht? Du fährst Essen auf Rädern aus, das nie ankommt, bretterst mit einem Wagen der Altenpflege durch die Straßen, mit einem anderen der Behindertenhilfe, und immer groß der Stadtwimpel unter den Sprüchlein. Und wie hat es dich amüsiert, als der Generalvikar der Diözese an dich herangetreten ist. Im Dom solltest du dem Gästegesindel täglich eine halbe Stunde mit deiner Andachtsmiene vorbeten, dass in dieser Stadt immer noch eine höhere Kraft das Sagen habe. Doch nicht mit dir, ich bin nicht würdig, hast du zum Vikar gesagt, in Sachen Fake seid ihr die Meister. Meine Güte, Branzer, nicht du bist es, der sie fickt. Wann beschlich dich das erste Mal der Verdacht, es würden noch andere Essen auf Rädern ausfahren, das nie ankommt?

Und tatsächlich, bei einer der Stichproben, die du in deiner feschen Polizistenlivree vorgenommen hast, kam der Teufel als langzeitarbeitslose Religionspädagogin ans Licht. Und wie sie bettelte und wie sie flehte und wie sie plötzlich bockig wurde, sie tue ein gutes Werk im Sinne der städtischen Wohlfahrt, und du und deinesgleichen, ihr würdet aus diesem Land einen sozialkalten Polizeistaat machen. Du hättest ihr am liebsten aufs Maul gegeben, doch du hast keine

Amtsbefugnis, musstest sie ziehen lassen. Was warst du nicht wütend und hast auf der restlichen Streife den zu allem entschlossenen Gesetzeshüter markiert, mit dieser starren Fresse, die du bei den Bullen früher immer so lächerlich gefunden hast. Aber hattest auch Grund zur Rage. Es gab sie also, Branzers Apostel, armselige Nachbeter, die auf kurz oder lang den Preis drücken würden. Gegen die Brut half nur eins, das war dir sofort klar: noch härter ran, mehr Aufträge annehmen und sie so vom Markt drängen. Hey, hier kommt Branzer.

Von wegen ein kleines bisschen Branzer-Show. Der absolute Störfall eine Woche später. Einer deiner Droogs hat dir gesteckt, Ferdi treibe sich in einer roten Weste mit der Aufschrift *Ihrer Stadt liegt ihre Gesundheit am Herzen* in den Straßen herum. Schlimmer noch: Das Gesundheitsamt sei an Ferdi herangetreten, bestimmt auf Geheiß von dessen ärztedynastischer Familienmafia, hast du gleich gedacht. Am allerschlimmsten aber: Ebendiese Behörde hatte deine Eingabe, als Attrappe die Allgemeinheit einer stets ausreichenden medizinischen Versorgung zu versichern, vor Monaten abgelehnt. Die Begründung lächerlich: Mit der Gesundheit spaße man nicht. Und du, in deinem Berufsethos zutiefst verletzt, bist der Amtstussi gegenüber mannhaft geworden, seit drei Jahren würdest du für diese Kackstadt den Kopf hinhalten und dich ruinieren, dein Rücken sei kaputt, deine Schulter ein Kalkwerk. Sie solle dir also bloß nicht mit Gesundheit kommen, und von Spaß verstehe eine wie sie ja wohl überhaupt nichts. Was hast du sie nicht alles geheißen, dich in die tiefste Gosse geschrien. Aber galant, Branzer, hast dich hernach mit einem Strauß Blumenverschnitt aus dem Supermarkt bei ihr entschuldigt. Und da du keine Lust hattest, ein zweites Mal mit Grünzeug bei ihr anzutanzen, musstest du dir Ferdi vorknöpfen. Doch der schwor umgehend vom Irrweg ab und du hattest generöse Worte für ihn: Wenn einer sich Kollege nennen dürfe, dann sei er es – Ferdi. Worauf ihr euch eine Line gegönnt habt und geradewegs in die Übereinkunft, dass man der Süßen vom Gesundheitsamt eigentlich keinen Wunsch abschlagen könne. Bravo, Branzer.

Klappmesser aus freiem Stand, die Beine schnellen hoch, Branzer rudert, er rammt seinen Steiß ungebremst in den Boden. Ein Gesichtsausdruck völliger Fassungslosigkeit. „Jetzt ist aber Schluss", krächzt Branzer, „jetzt bist du dran, gleich nachher, nehme dich mit zum Müll, Scheißmatte." In der Schulter ein giftiges Pulsen, der Duschwannenrand, Branzer fasst sich an den Hinterkopf, eine Beule im Knospen. Wie kann man nur so hinfallen. Er humpelt zum Waschbecken, sieht sich im Spiegel, Träume werden wahr: Die vom Vermieter verbrochenen Fliesen, dschungelgrün, natursteinfarben der Boden. Nur Kumpel Ferdi fehlt im Bild. Branzer versucht den Brustkorb zu weiten – kurz schwindelt ihn, ihm wird übel, er wäscht sich das Gesicht mit kaltem Wasser. Geht wieder besser.

Selbstzweifel helfen nicht weiter. Er ist spät dran, gut, dass er morgens alles vorbereitet hat. Durchs gekippte Küchenfenster dringen Stimmen vom Hof, dort ist's kühler, immer noch kein Gewitter. Muss mir *A Clockwork* wieder mal ansehen, denkt Branzer, schlüpft ins Orange, der Latz wurde auf King Trashs Geheiß bestickt: *Ihre Stadt ist um Sauberkeit bemüht.* Er öffnet die Thermoskanne, hat den Rum vergessen, freitags trinken Müllmänner Tee mit Rum. Ich bring meine Leistung nicht, hadert er, auch der Dampfeffekt lässt zu wünschen übrig. Scheißkanne, die wandert mit der Matte zur Deponie. Sein Schädel, die rechte Schulter, sie strahlt aus in die linke Brust. Los jetzt! Im Stiegenhaus trifft er die Blonde von Top vier.

Pünktlich zum Zwölfuhrläuten nimmt Branzer auf einer der Steinbänke in der Fußgängerzone Platz. Müllmänner haben Sitzfleisch. Nicht so wie – der gestrige Abend kommt ihm in den Sinn. Wie er Saunieren doch hasst. Ging ihm mies danach, nah am Kreislaufkollaps. Termin mit dem Polizeipräsidenten, Lohnrunde. Er forderte eine Erhöhung auf die Hälfte des üblichen Polizistengehalts. Der Präsident möge bedenken und wisse aus eigener Erfahrung, dass man als Beamter psychischen Extremsituationen ausgesetzt sei. Die Leutchen würden einen zwar freundlich grüßen, aber kaum habe man sie im Rücken, wünschten sie einem das Unpässlichste an den Arsch. Das sei nun mal die Realität. Als hätte er plötzlich die Krätze, so rutschte der Präsident hin und her, lehnte den Antrag mit Hinweis auf das polizeipsychologische Notfallamt ab. Branzer, die Religionspädagogin vorm inneren Auge, drohte mit Streik, für diese Hungerprämie lasse er sich nicht abwracken, ohnedies sehe er sich emotional kaum noch in der Lage, weiterhin auf Streife zu gehen und der Bevölkerung ein Sicherheitsgefühl vorzugaukeln. Das letzte Wort hatte er eigens als Köder ausgeworfen, doch der Präsident wollte nicht anbeißen. Grinsend bewilligte er einen Gehaltszuschlag um zwanzig Prozent und verabschiedete sich.

Der Rum tut gut, aber mit der Leberwurst stimmt was nicht. Oder warum ist ihm plötzlich erneut so übel. Branzer blickt auf die Uhr, bleiben dreizehn Minuten Dienst, dann ist die Mittagspause vorbei. Die Wurst riecht nicht ranzig. Verdammte Schulter, ein Paracetamol, die Häuser Hitzespeicher, die Luft steht. Branzer zieht den Rotz hoch. Machen Müllmänner. Und sie grüßen jede und jeden mit Servus, heben dabei leicht das Kinn. Branzer versteht sein Handwerk, direkt nach dem Servus der Rotzaufzug. Häufig kürzt er den Gruß ganz tief aus der Kehle gerollt zu einem Sers! Eine Frau in Pumps stöckelt vorbei, an ihrer Seite ein Gorilla. Geht, als hätte er das Wichtigste zwischen den Beinen. Sie auch. Ein Müllmann hat den Blick fürs Detail. Viele Poloshirts wieder. Steht mir bald bevor, denkt Branzer, Poloshirt, Bundfalte und Segeltuchgalosche. Nein, kein Polo, kommt nicht in Frage, T-Shirt reicht. Ein Müllmann ist kein Weichei, ein Branzer erst recht nicht. Die Turmuhr schlägt halb eins.

Branzer richtet sich auf. Als wäre der Brustkorb gestaucht. Irgendwann muss die Tablette doch wirken. „Zwickt's links nicht, zwickt's rechts, so wird man weise", seufzt Branzer. Die Dürre vom Abfallamt kommt direkt auf ihn zu. Das Straßenpflaster scheint sich unter ihr zu biegen. Ob mit ihm alles in Ordnung sei? Er sehe blass aus. „Die Leberwurst", sagt Branzer. Sie schaut ihn unentschlossen an, bläst sich eine Strähne aus dem Gesicht und wünscht ihm einen nicht zu anstrengenden Nachmittag. Ihr Lächeln beschämt ihn. Sie hat wieder festen Boden unter den Füßen. Branzer blickt ihr nach, fährt sich durchs Haar, befühlt die Beule. Er hat sie angelogen.

Geschwind sind die nötigen Sachen gefunden, die Verkäuferin gafft. „Was ist", fährt er sie an, „auch ein Müllmann zahlt mit Karte, her mit dem Sackerl und Sers."

Wieder zuhause, auf dem Sofa. Der Ventilator surrt. Viele Wünsche habe ich nicht, denkt Branzer. Schließt er die Lider und öffnet sie jäh, ist das Zimmer voller Glühwürmchen. Eine Notlüge ist kein Komet, der eine neue Zeitrechnung ankündigt. Augen zu. Und sollte er den Job als Müllmann verlieren, die Kanne ist ohnehin hinüber. Der Ventilator sprüht ihm eine Böe über die Stirn. Augen auf. Er hat keinen Termin um zwölf Uhr fünfundvierzig. Und er ist am Nachmittag nicht auf Streife. Aber er wollte morgens keine Diskussion. Wind blättert in der Zeitung auf dem Tisch, ehe der Ventilator wieder in Branzers Richtung schwenkt.

Nein, mit Selbstzweifeln ist wirklich keinem geholfen. Die Tablette flockt durch seinen Körper, leichter ist ihm jetzt. Und er beginnt sich auf die neue Herausforderung zu freuen.

Der Anruf gestern Nachmittag ein Lottogewinn. Diese Chance kommt nur einmal, das würde auch die Dürre so sehen. Die Innerstädtischen Kaufleute zahlen besser als Abfallamt und Polizei zusammen. Und er ist gewinnbeteiligt. Wenn er sich richtig ins Zeug legt, Essen auf Rädern ade, Altenpflege ade. Dann hängt er den Hausmeister an den Nagel und ist endlich den Deppen von Vermieter los. Hernach ausziehen, vielleicht eine kleine Wohnung kaufen, gute Idee, eine Wohnung in der Nähe des Karat. Raus aus dieser Bude. Auf die Blonde von Top vier ist ohnehin kein Verlass mehr. Hat er sie nicht heute Mittag getroffen? Und sich nach dem Duschen fast den Hals gebrochen. Sollte das etwa die Überraschung sein?

Spießer passen in ein Sackerl, Branzer lacht, zieht einen Doppelpack T-Shirts hervor, die Hose Meterware, die Latschen auch, rasch rein in die Kluft und fertig ist der Normalo. Er fasst sich an den linken Oberarm, verzieht das Gesicht. Die Tätowierung kein Problem, mittlerweile massenkompatibel. Die Treppen hinunter, vorbei an Top vier, Branzer streckt den Mittelfinger aus.

Was für ein Hieb. Branzer japst, ein Rettungswagen rast an ihm vorbei. Eine Hitze zum Ersticken. Der Himmel eine Mülltonne, bald am Überlaufen. Fürs

Wochenende ist Schlechtwetter angesagt, klar, muss sein, Normalbürgerschicksal.

Nach wenigen Minuten steigt Branzer säuerlicher Geruch in die Nase, zu viel Polyester, Scheißqualität. Aber die Schuhe bequem, die Hose ein Horror, Bundfalte, geht's schlimmer? Der Pizzaheini lehnt in der Tür seines Ladens, misst ihn mit anerkennender Geste. Ganz beruhigt Branzer das nicht. Kann funktionieren, was die Händler ausgeheckt haben? Er brauche lediglich Kaufwillen zu simulieren, mit interessierter Miene in die Auslagen zu glotzen. Dann ins Geschäft, seien dort Kunden, solle er zielsicher nach einem Artikel greifen, mit abwägendem Blick das Preisschild studieren. Entscheidend aber: Er müsse sich dann einen für alle und, bitte, wirklich für alle ersichtlichen Ruck geben und mit der Ware an die Kasse kommen. Würden andere seinem Beispiel folgen und mit bedruckten Tragtaschen das Geschäft verlassen, wovon man ausgehe, sei doch der Besitzneid seit jeher das Standbein des Handels, habe er zufriedenstellende Arbeit geleistet. Die Sachen hätte er selbstverständlich wieder abzuliefern, unbeschädigt. Sonst gebe es Abzüge. Und er dürfe nach augenfälligem Ruck bloß nicht auf das befreite Lächeln vergessen, das sei das Sahnehäubchen des Kapitalverkehrs.

Ein wenig fühlt sich Branzer an seinen ersten Job als Fotoreporter erinnert. Den musste er unter großem Bedauern aufgeben, ein Medienkonzern hatte die Zeitung geschluckt und eigene Attrappen in Lohn und Brot. Das war kurz nach der Konfrontation mit der bocksbeinigen Pädagogin gewesen, der er immer noch grollt. Mit ihr hat der Schlamassel doch angefangen, mehr Arbeit, von einem Auftrag zum nächsten, mit ihr und dem Vikar. Kaum streckt die Religion die Hand aus, purzelt ihr auch schon das Arsenal der Hölle aus dem Ärmel. Alles Beschiss, denkt er, ein Branzer kommt selten allein, hört er eine Stimme, steht plötzlich vor der Auslage, aus der ihn vor drei Jahren der Herbst im Hochsommer begrüßte. Er sieht sich in der Scheibe gespiegelt, die Stadt, in der ich lebe, gleicht der Stadt, in der ich nicht lebe.

Zehn Minuten später betritt er das Café Karat. Ein Blick in die Runde, Ferdi sei dienstlich unterwegs, müsse gleich kommen. Bye Bye, Branzer, die Zunge klebt am Gaumen, nur noch ein Clown, er schließt die Augen, auch er wolle erst raus aus dem Normalbürgersarg, traurig anzuschauen, er zeigt auf seine Klamotten, blechernes Gelächter. Zuvor aber eine Line, zwei Zigaretten im Akkord, ein Bier obendrauf, er reibt sich was ins Zahnfleisch, seine Lippe wird taub. Beethovens Neunte, das Herz fängt an zu treiben, Molto vivace, ein Pulsen durch alle Glieder, die Blonde von Top vier, vielleicht sollte er sie mal überraschen, sein Atem geht schneller, eine Stimme aus dem Off echot hey, hey, hey. King Trash und die Dürre tanzen mit ihm durchs Karat in irren Rhythmen, Branzer wirft den Kopf in den Nacken, könnt grad durch die Decke schießen, Bäume ausreißen, ganze Wälder,

Vorhang auf, hier kommt – er kann es nicht fassen, ein kleines bisschen Branzer-Show, Ferdi steht vor ihm in der roten Weste, darf's wahr sein, Branzer schnappt nach Luft, ein heftiger Schlag gegen die Brust, unter seinen Rippen ein Knall, als würde irgendwer das Bein ausfahren, er klatscht bäuchlings hin, wird über die Schulter abgerollt in Rückenlage. Ferdis Visage taucht über ihm auf, Branzer will sich in seinen Augen festhalten, doch sein Blick fasert aus, die Ohren fallen zu, Ferdi schreit auf, alle schreien auf, hasten durch ein Bild der Bestürzung. Für Branzer ist das passé.

Traunstein

„Und nirgends ein Ort, wir gehen fort, wir kommen her, und nirgends ein Ort", hatte er gesagt und sie unvermittelt aus der Lektüre gerissen. Letzteres war zu verschmerzen, die ersten Seiten des Buchs widersprachen jenen Sätzen, mit denen der Roman auf der Buchrückseite angepriesen wurde als bezaubernde Parabel vom Halten und Gehaltenwerden, als kleine Geschichte, aber großes Buch – was immer das heißen mochte.

Kathrin hatte den Roman in der Innsbrucker Bahnhofsbuchhandlung gekauft in der Hoffnung, er würde ihr die Zeit verkürzen, die fünf Stunden Zugfahrt nach Klagenfurt, wo sie von ihrem Freund erwartet wurde. Der arbeitete seit einem halben Jahr in der Kärntner Landeshauptstadt, ein Wochenende kam er zu ihr nach Tirol, dann wieder machte sie sich zu ihm auf den Weg. Zunächst waren ihr die Reisen als willkommene Abwechslung zum Arbeitsalltag erschienen, war ihre Schaulust groß gewesen. Mittlerweile aber langweilten sie die Landschaften, kannte sie die Namen der an der Bahnstrecke liegenden Orte auswendig, auch wenn manche auf sie eine Wirkung ausübten, die sie sich nicht zu erklären vermochte: Mallnitz, Kolbnitz, Pusarnitz. Dennoch war sie jedes Mal froh, wenn sie wieder aussteigen konnte, egal ob in Innsbruck oder in Klagenfurt. Dass es ihrem Freund ähnlich erging, schloss sie aus dem Satz, mit dem Klaus sie am vergangenen Freitagabend begrüßt hatte: „Kein Mensch ist schlimmer dran als ein Reisender, ja, der gute Roth legt mir die treffenden Worte in den Mund, die Freude, die einer vor einer Reise empfinden mag, ist immer geringer als der Ärger, den sie schließlich verursacht." Sie war mit Klaus an sich einer Meinung, wenngleich sie den Ausspruch als beleidigend empfunden und ihrem Freund gekontert hatte: „Du schließt mal wieder von anderen auf dich!" Klaus hatte sie in den Arm genommen und ihr ins Ohr geflüstert: „Komm, lass uns miteinander schlafen."

Die Kufsteiner Festung glitt am Abteilfenster vorbei, nun ging es über das Deutsche Eck nach Salzburg, wo Kathrin umsteigen musste. Erneut versuchte sie sich auf die Lektüre zu konzentrieren, spürte jedoch, wie der Mitreisende sie beobachtete, und sosehr sie sich auch bemühte, der Romanhandlung zu folgen, es gelang ihr nicht. Kaum war sie an einem Absatzende angelangt, musste sie sich eingestehen, nichts vom Inhalt erfasst zu haben. „Und nirgends ein Ort, wir gehen fort, wir kommen her, und nirgends ein Ort." Immer wieder kam ihr dieser Satz in den Sinn, ihr Gegenüber hatte ihn gesagt, in Jenbach, aus dem Fenster hatte er geblickt, auf den Bahnsteig hinaus, als wollte er das Warten der Reisenden zwischen ihren Gepäckstücken kommentieren.

Kathrin ließ das Buch sinken, schloss die Lider, was den Satz und somit die Anwesenheit ihres Gegenübers noch verstärkte. Der Mann mochte an die fünfzig Jahre alt sein, er war wie sie in Innsbruck eingestiegen, hatte aber erst nach ihr das Abteil betreten. Freundlich grüßend war er zu ihr gestoßen, hatte Platz genommen, sofort die mitgebrachte Zeitung aufgeschlagen und keinerlei Anstalten gemacht, mit ihr ein Gespräch anzufangen. Das war Kathrin recht gewesen, in letzter Zeit hatte sie oft erfahren, dass die als Neugier getarnte Redseligkeit mancher Menschen selten das Verstauen des Gepäcks überdauerte. Wohin geht die Reise, mit dieser Frage öffnete das Mitteilungsbedürfnis sich Räume, die es in der Folge mit eigenen Erfahrungen möblierte. Denn kaum hatte Kathrin ihr Ziel genannt, war ein anderer selbstverständlich schon dutzende Male dort gewesen und wusste einiges über den Ort zu erzählen. Dass er mit derselben Energie einen Kongress der Kleintierzüchter thematisieren konnte wie den unsäglichen Ortstafelstreit, wies ihn entweder als besonders emphatischen Menschen aus oder als das, was er wohl eher war, ein Dampfplauderer, und als solcher brauchte er sie lediglich seiner Selbstwahrnehmung wegen.

Dann schien er ihr jenen oft beobachteten Fahrgästen zu ähneln, die eine Nachricht ins Telefon tippten, um sich kurz danach durch einen Anruf beim Adressaten zu erkundigen, ob er sie erhalten habe, gerade so, als wollten sie sich vergewissern, dass es sie noch gibt.

Bei einer Zugreise war eben sie die Empfängerin, die Absenderin auch, dessen war sich Kathrin im vergangenen halben Jahr mehrmals bewusst geworden. Unlängst wieder, dieses Mal war es eine Frau gewesen, Kathrin hatte ihr spaßeshalber Zürich als Reiseziel genannt. Sogleich war ein Gespräch in Gang: über die Pünktlichkeit der Eidgenossen und die Eigentümlichkeiten des Schwyzerdütsch, über die besondere Würze des Emmentalers – alles Käse letztendlich, aber Kathrin war selbst so sehr in Redelaune geraten, dass es ihr kurz vor Salzburg tatsächlich gelang, in glaubhaftem Entsetzen auszustoßen, sie sitze im falschen Zug, müsse ja in die entgegengesetzte Richtung. Worauf ihre Mitfahrerin in durchaus ebenbürtiger Überzeugung ausgerufen hatte: „Ach, du Schreck, das ist mir auch schon einmal passiert."

Abends beim Essen in einem Restaurant unweit des Klagenfurter Stadttheaters hatte Kathrin Klaus von der Begegnung erzählt. Er war in Gelächter ausgebrochen, hatte begonnen, von seiner letzten Dienstreise nach Basel zu berichten, und erst damit geendet, als das Dessert aufgetragen worden war. Das war typisch für ihn wie auch seine Angewohnheit, ihr ins Wort zu fallen oder ihre Sätze nach seinem

Gutdünken zu vervollständigen, wenn sie kurz innehielt. Andererseits war das genau auch sein Vorwurf an sie, behauptete er doch, sie ließe ihn nie zu Ende sprechen. Und das nur, weil sie sich erdreistete, ihren zuvor unterbrochenen Satz nach einer Pause auf ihre Weise zu vollenden.

Kathrin hielt immer noch die Lider geschlossen, was ihr alles andere als leichtfiel. Die Anwesenheit eines Fremden machte sie nervös, neugierig auch. Vorhin in Wörgl hatte er zu einer Brünetten, die in Jenbach zu ihnen ins Abteil gestoßen war, gesagt: „Vergilianum, das lässt an einen Dichter denken, finden Sie nicht?"

Kathrin hatte beinah laut auflachen müssen, diese Assoziation war ihr noch nie gekommen, Wörgl, das klang für sie eher nach der Sonderform einer Käsesorte, die ihr Vater so gerne aß, worunter im Übrigen die ganze Familie zu leiden hatte, musste doch immer ein Stück Quargel im Kühlschrank liegen.

„Ich habe mich lange mit dieser Stadt beschäftigt", war der Mann fortgefahren, „von Berufs wegen", hatte er angefügt und sich als Orteologe vorgestellt. Das wäre zweifelsohne ein wunderbarer Beruf, hatte die Brünette erwidert, in ihrem engeren Bekanntenkreis würde ihn auch einer ausüben, ein guter Freund, eigentlich von Kindestagen an, keine Sandkastenliebe, das nicht, wobei, man sei sich schon nähergekommen, früher, damals war ja noch alles anders, ein feinfühliger Mensch, sprachbegabt und ungeheuer belesen, nun leider von schwerer Krankheit gezeichnet. Sie selbst hätte es aber nicht so sehr mit den Lateinern, insofern assoziiere sie mit Wörgl das Schreckgespenst ihrer Schulzeit, in der sie mehrfach kläglich am römischen Nationalepos gescheitert sei. „Et nusquam locus, et recedimus et accedimus, et nusquam locus", hatte der Orteologe geantwortet und gelacht.

Dann waren die beiden auf Orte zu sprechen gekommen, auf die Anziehung, die gewisse Namen ausüben würden – Mallnitz, Kolbnitz, Pusarnitz hätte Kathrin gerne ins Gespräch eingeworfen. Und war innerlich errötet, hatte plötzlich an Klaus denken müssen, wir kommen uns nicht aus, so seine These, wir geben vor, gute Zuhörer zu sein, und noch während ein anderer spricht, nisten wir uns ein in seinen Worten, missbrauchen sie zu eigenen Zwecken.

„Seit Jahren schon fahre ich diese Strecke", hatte die Frau gesagt, „immer wieder von Jenbach nach Kufstein, rauf und runter, vorbei an Rattenberg, diese Stadt ist aus meinem Tagesablauf nicht wegzudenken, stets nehme ich mir vor, einmal dort auszusteigen." Ihm würde es mit Traunstein so ergehen, hatte er geantwortet.

Mittlerweile war die Brünette ausgestiegen, beim Verlassen des Abteils hatte sie geseufzt, sie hoffe, bei ihrem Freund aus Kindheitstagen würde sich alles wieder zum Guten wenden, und zum Orteologen gesagt: „Und Ihnen wünsche ich eine gute Reise – haben Sie noch weit?"

Seine Antwort darauf: „Ich fürchte, ja."

Kathrin wurde aus den Gedanken gerissen, als der Schaffner die Abteiltür öffnete. Nachdem sie das Zugticket wieder in der Handtasche verstaut hatte, schaute sie ihrem Gegenüber in die Augen, der Mann wich ihrem Blick nicht aus, erwiderte ihn freundlich.

„Sie haben also noch eine lange Reise vor sich?"

„Ich fürchte, ja", wiederholte er, lächelte sie dabei an. „Und Sie?"

Kathrin nannte ihr Ziel, sah, wie seine Miene sich verfinsterte. Jetzt würde das Gespräch wie so oft auf ein Thema kommen, das sie bei vielen Fahrten zu Klaus in nicht enden wollenden Monologen hatte ertragen müssen. Doch anstatt Kärnten erneut zum Exempel des mangelnden österreichischen Geschichtsbewusstseins zu erklären, lachte der Orteologe auf:

„Ein unbeschriebenes Blatt ist mir Klagenfurt, in Villach war ich, in Spittal an der Drau, sogar nach Wolfsberg hat es mich einmal verschlagen – nie war ich in Klagenfurt!"

„Da haben Sie nichts versäumt", sagte Kathrin, ärgerte sich sogleich über die Phrase, die auch ihr immer wieder begegnete, ob es nun um Kitzbühel, Wels oder Bludenz ging. Rasch fügte sie hinzu: „Für einen Orteologen gibt Klagenfurt natürlich schon einiges her."

Das war nicht besser, dachte Kathrin, erschrak über den Unterton ihrer Bemerkung und biss sich verlegen auf die Lippen.

„Sie haben gelauscht?"

„Dazu bestand kein Anlass. Sie haben der Dame vorhin laut genug über ihren Beruf Auskunft gegeben. Freilich, mich würde schon interessieren, was man als Orteologe macht, ein recht ausgefallener Beruf."

„Ich erforsche Orte, was ist daran so ungewöhnlich? Allein über den Begriff Ort lässt sich lange nachdenken. Wandeln Sie einen Satz von Proust ein wenig ab, können Sie die Orte, die Sie geliebt haben, nie wiedersehen, weil diese Orte nicht im Raum existierten, sondern in der Zeit. Das ist einem wie mir, der seinen Ort sucht, ein Messer in den Rücken. Wobei das Messer als Anfang durchaus brauchbar ist, sozusagen ein Geschenk aus den Tiefen der Etymologie. ‚mit geru scal man geba infahan', mit dem Speer soll ein Mann Geschenke aufnehmen, und zwar: ‚ort widar orte', Spitze gegen Spitze. So steht's im *Hildebrandslied*."

Kathrin schüttelte unmerklich den Kopf, wovon sprach der Mann?

„Laut Grimm'schem Wörterbuch", fuhr er fort, „ist der Begriff Ort germanischen Ursprungs und findet sich im Alt- und Mittelhochdeutschen als Bezeichnung für Spitze, äußerstes Ende. Dazu passend mit selbiger Bedeutung der altenglische Ausdruck oord, das schwedische udd oder das altnordische oddr. Das Doppel-D verweist auf ein gotisches Erbe, das wiederum in einem Sanskritwort zu wurzeln scheint, wobei Letzteres zur Grundbedeutung des Begriffs Ort passt und sich mit schneiden oder Schneide übersetzen lässt. Auch Verwandtschaften zum albanischen usht für Ähre und zum litauischen usmìs, Distel, sind möglich. So schickt einen die Suche nach dem Ort vom Baltikum auf die Balkanhalbinsel und wieder retour in den hohen Norden."

„Ich dachte, als Orteologe würde man sich mit Orten beschäftigen, weniger mit der Herkunft von Begriffen", entgegnete Kathrin, war erstaunt über die Sätze, die ihr nun über die Lippen kamen: „Da Sie jedoch vom hohen Norden sprachen, der ist doch eine Reise wert. Lange schon will ich nach Island, vor fünf Jahren war es fast so weit, doch dann erkrankte meine Mutter, ich konnte und wollte die Ärmste nicht alleine lassen."

„Die beste Krankheit taugt nichts, hat schon meine Großmutter immer gesagt", erwiderte er. „Krankheiten kommen immer zur falschen Zeit, folglich ungelegen, ist es nicht so?"

Dem konnte Kathrin nur zustimmen, erzählte, dass für die Reise bereits alles vorbereitet gewesen war: der Flug gebucht, das Zimmer selbstverständlich auch, der Trekking Guide organisiert. „Hatte meiner Freundin schon den zweiten Wohnungsschlüssel gegeben, damit sie während meiner Abwesenheit nach den Blumen sieht – und nach Moritz."

Wie sehr er ihr das nachfühlen könne, hörte sie ihn sagen, mehrmals sei er drauf und dran gewesen, endlich Traunstein kennenzulernen, so richtig kennenzulernen, doch stets habe ihm das Schicksal einen Strich durch die Rechnung gemacht.

„Schicksalsschläge lassen sich nicht planen", kaum hatte Kathrin es ausgesprochen, war ihr der Satz peinlich. Der Orteologe wiederum schien sich nicht daran zu stoßen, „wem sagen Sie das", war seine Antwort. Mit Blick auf die Zeitung, die er immer noch aufgeschlagen auf den Knien liegen hatte, sagte Kathrin:

„Entschuldigen Sie, ich will Sie nicht vom Lesen abhalten."

Er machte eine wegwerfende Handbewegung, fing unbeholfen an, die Zeitung zusammenzufalten, schaute plötzlich auf:

„Warum ausgerechnet Island?"

„Weil" – Kathrin verstummte. Wie sollte sie einem Fremden erklären, was sie sich selbst nicht begreiflich machen konnte?

„Verstehe", sagte er. „Ihr Island ist meinem Traunstein nicht unähnlich. Seit Jahren beschäftige ich mich mit ihm –"

„Meinen Sie den Berg?", unterbrach Kathrin.

„Ja, ein Berg ist mir der Traunstein, ich trage an ihm, bin zugleich der Getragene, bin Sisyphos, der mit beiden Armen einen Felsblock fortschaffen will, einen Felsblock namens Traunstein. Mit Händen und Füßen stemmend stoße ich den Block hinauf auf einen Hügel, doch wenn ich ihn über die Kuppe werfen will, dreht ihn das Übergewicht zurück – so ganz frei nach Homer. Ja, mein Traunstein gleicht Ultima Thule, Inbegriff des Erstrebenswerten, eine Insel, die ganz bei sich selbst bleibt und sich dennoch eine Weltoffenheit bewahrt."

Nur entfernt hatte Kathrin seine Stimme wahrgenommen, während er sprach, war sie in ihre Kindheit zurückgekehrt, zu ihrem Vater, der in Lambach die Schule besucht und ihr oft vom Traunstein erzählt hatte, vom Wächter des Salzkammerguts.

„No man is an island", fuhr ihr Gegenüber indes fort, „ist John Donne etwas hinzuzufügen?"

„Er soll Ludwig XVI ähneln", tauchte Kathrin wieder aus ihren Gedanken auf.

„Wer, John Donne?"

Er runzelte die Stirn, Kathrin schüttelte ungläubig den Kopf, die beiden sahen einander unverwandt an.

„Kaffee, Tee, ein Snack gefällig?"

Kathrin blickte zur Abteiltür, verneinte, der Orteologe tat es ihr gleich. Dann schaute sie zum Fenster hinaus, fing plötzlich an zu lachen, tippte sich mit der Hand an die Stirn.

„Traunstein, gerade fahren wir daran vorbei. Und ich dachte, Sie meinen den Berg."

Da er schwieg, griff sie nach ihrem Buch, fuhr gekränkt fort: „So abwegig ist das nun auch wieder nicht."

„Et nusquam locus, et recedimus et accedimus, et nusquam locus", sagte er, schlug die Hände vors Gesicht, rieb sich die Augen: „Augustinus. Eine seiner wunderbaren Sentenzen. Als Autor sollte man ihn in Ehren halten, nicht als Kirchenvater."

Er schaute auf, sein Blick ging in die Landschaft hinaus, Freilassing, der Bahnhof, Menschen auf den

Bahnsteigen: „Und nirgends ein Ort, wir gehen fort, wir kommen her, und nirgends ein Ort."

„Kein Mensch ist schlimmer dran als ein Reisender", entgegnete Kathrin knapp.

„Joseph Roth, ja, der spricht uns auch aus der Seele", sagte er amüsiert, „spricht uns aus der Seele und ist dabei doch so gnadenlos subjektiv."

Kathrin stand auf, machte sich zum Aussteigen bereit, war froh, dass diese Unterhaltung bald ein Ende fand. Sie hatte immer noch das Buch in Händen, „eine lohnende Lektüre?", fragte er. Sie hielt ihm den Roman hin, er griff danach, las den Satz von der bezaubernden Parabel vom Halten und Gehaltenwerden, gab ihr das Buch zurück, räusperte sich:

„Entschuldigen Sie meine Indiskretion, es geht mich nichts an, aber – werden Sie in Klagenfurt erwartet? Von Moritz?"

Kathrin lachte hell auf. „Das wäre schön", sagte sie, setzte gedämpft fort: „Moritz wurde vor drei Monaten überfahren." Während durch den Lautsprecher die Ankunft in Salzburg verkündet wurde, fügte sie hinzu: „Er war mein Kater." Sie hatte die Hand schon an der Abteiltür, als der Orteologe plötzlich aufsprang:

„Wie unhöflich von mir!" Er öffnete ihr die Tür. „Nun haben wir uns so anregend unterhalten, und ich habe mich nicht einmal vorgestellt, pardon, ich heiße Klaus, Klaus Traunstein."

Das Gewicht

„Nicht normal, oder?" Sie biss sich auf die Lippen und blickte auf die Uhr. Eine Fliege auf ihrem Handrücken, genau an derselben Stelle wie vorhin. Laura hob die Hand, der Wagen driftete in die Straßenmitte, sie zog ihn zurück. „Was? Ja, kurz vor Weihnachten. Da sind sie angetanzt, er und seine Furie, fast eine Stunde waren sie im Geschäft. Und ich hab mir noch gedacht, was will er mit der Tussi, die passt irgendwie nicht zu ihm mit ihrem aufgedonnerten Gehabe –"

Männer glotzten durch die Heckscheibe eines Vans, Laura schaute in den Rückspiegel, ein roter Golf. „Die hat mir den Laden umgepflügt", erneut ein kurzer Blick, sie setzte zum Überholen an, der Kleinbus beschleunigte. Vor ihr in den braungebrannten Gesichtern gebleckte Zahnreihen, sie tippte sich an die Schläfe. „An allem hat sie herumgemeckert, an den Farben, dem Schnitt, die Hosen zu eng. Die war vielleicht zickig, hast keine Vorstellung. Zunächst mit ihm, dann mit mir, wir haben uns nur stumm angesehen. Richtig penetrant wurde die, hat mir die Hosen hingeworfen, sie mir aus der Hand gerissen, als wäre ich schuld an ihrem fetten Arsch. Klar, Hannes, auf den hab ich sie hingewiesen, nimmst du mich nicht ernst? Ich schwör dir, der Typ – wie? Ja, ich weiß, ich soll zu Kunden nicht sagen, was ich denke, sonst kann ich gleich zusperren, da hast du Recht."

Laura atmete auf, der Kleinbus bog ab. „Mit Männern ist's leichter. Sag ich, der Pulli spannt nicht – schon passt er. Immer gleich eine Nummer größer bei Kerlen, mach das mal bei einer Frau – ausgeschlossen. Als würdest du deine Freundin fragen, ob sie schwanger ist, wenn sie nach Weihnachten zwei, drei Kilo zugelegt hat. Ihr habt euch getrennt? Ach, wusst ich nicht. Tut mir leid."

Abermals blickte sie auf die Uhr, presste die Lippen aufeinander, indes Hannes sich in den Gründen der Trennung verlor. Im Rückspiegel der rote Golf, er kam näher, Laura schaute auf den Tacho, konstant ihre Geschwindigkeit. Er habe wen kennengelernt, hörte sie, und er glaube, das sei jetzt die Richtige. Der Wagen hinter ihr ließ sich zurückfallen.

„Gregor? Dem geht's gut. Wir sehen uns selten, er ist viel in der Klinik, soll bald Oberarzt werden. Immer noch getrennte Wohnungen, ja. Ist besser so. Obwohl es mir momentan lieber wäre, wir würden zusammenwohnen. Was mach ich, wenn – wart kurz."

Laura warf das Telefon auf den Beifahrersitz, nahm sachte den Fuß vom Gas, beide Hände am Lenkrad. Die Fliege nun auf ihrem Ellbogen, „hau ab!", zischte sie, der Abstand zum Roten hinter ihr unverändert. Das Insekt kitzelte den Oberarm hoch, Laura zuckte die Achsel, drückte das Pedal sanft tiefer, griff wieder zum Handy. „Bist du noch dran? Was? Die Bullen, ja. Egal, hör zu! Nach den Feiertagen ist er ohne sie aufgetaucht, kommt vor Ladenschluss rein, Hände in den Manteltaschen. Ich freundlich auf ihn zu, schön, ihn wiederzusehen, sage ich. Verdammt, hätte ich nicht tun sollen, ich weiß. Aber konnte ich ahnen – er steht nur da, gafft, ich wende mich einer Kundschaft zu, und als ich mich wieder umdreh, ist er fort. Sonderbar, habe ich mir gedacht, nichts weiter. Worauf erst mal ein paar Tage Ruh war, bevor er erneut aufgekreuzt ist. Und wieder, Hände in den Manteltaschen, starrer Blick, kein Wort, und weg. Zwei Wochen lang ist das so gegangen, immer montags und freitags, bald auch am Mittwoch. Dann täglich, Hannes, täglich!"

Sie zog am Gurt, „sag mal, spinnst du! Ich hab den doch nicht angemacht! Wir haben uns eine Stunde lang angeseufzt, während seine Alte in der Umkleide ausgetickt ist. Also wirklich, Hannes, ihr Kerle seid doch – okay, schon gut. Und logisch habe ich ihm gesagt, er solle das lassen, zuerst höflich, kann ihn schlecht vor Kunden anschnauzen. Als ich aber mal allein war mit ihm, habe ich ihn angeschrien, mit der

Polizei hab ich ihm gedroht, war dem alles schnuppe. Aber das ist – jetzt überhol doch endlich, du Trottel! Ach, mir klebt da einer an der Stoßstange, ich sag dir, ich werde paranoid. Gregor? Der hat mich eine Weile im Laden abgeholt, sich den Typen irgendwann vorgeknöpft, ihn am Kragen gepackt und aus dem Geschäft geworfen. Eigenartig, Hannes, aber Gregor und ich, wir sind uns in dieser Zeit wieder nähergekommen, du weißt ja, unsere Beziehung ist – und als er ihn rausgeschmissen hat, hab ich gedacht, das war's, der hat genug. Tags drauf steht er wieder auf der Matte! Ich also zu den Bullen, ich soll aufpassen, haben sie gesagt, und wenn er tätlich wird, sofort bei ihnen anrufen. Na, die sind herrlich!"

Die Fliege surrte im Heck, der Wagen hinter ihr, getönte Scheiben. „Bist du noch – gut. Ich halte dich nicht mehr lange auf, bin bald im Tunnel. Weißt du noch, wie ich mich als Kind immer davor gefürchtet habe, Tonnen von Gestein überm Kopf – warum lachst du? Jedenfalls, mit Gregor kann ich nicht mehr reden, ignorier ihn, sagt er, und überhaupt, ich würde übertreiben. Hannes, seit einem halben Jahr geht das jetzt! Ich flattre schon morgens, wenn ich im Laden bin, stiere ich auf die Eingangstür und werde patzig, wenn Kunden was fragen, ich hab immer dieses Arschloch im Kopf. Und letzte Woche dann, am Dienstag war's, taucht er mit einem Mal nicht mehr auf. Kam mir gleich komisch vor, ich schließ den Laden, geh heim, ich muss über den Fluss, du weißt, denk mir noch, vielleicht ist der Spuk tatsächlich vorbei, und wer steht auf der Brücke? Bin an ihm vorbeigerannt, die Allee hinunter zum Laubengang – der beim Supermarkt, stimmt. Er ist mir nicht nach, nein."

Bei einer Tankstelleneinfahrt bog sie ab, der rote Golf geradeaus weiter. Kinn auf der Brust, schaute sie dem Wagen nach, spürte den Schweiß im Nacken, die Fliege setzte sich auf den Ganghebel.

„Am nächsten Abend, mir ist übel geworden beim Gedanken, dass er – wollte mir ein Taxi nehmen, bin dann aber zu Fuß, über die Brücke, er nicht da, die Allee hinab und" – Tränen schossen ihr in die Augen – „seh ihn schon von weitem, dort vorm Supermarkt." Die Stimme an ihrem Ohr wurde fern, ihre Schultern fingen an zu zucken. „Der weiß, wo ich wohne, Hannes."

Vor dem Tankstellenbistro einige Stehtische, bunte Schirme, Laura wischte sich über die Wangen, sie hatte Durst. Aus dem Hörer gleichmäßige Atemzüge, die sie beruhigten, zwei Schritte aufs Bistro zu, sie sprang wieder ins Auto. Als die Zentralverriegelung klackte, erschrak sie. Wurde wütend dann. Die Fliege am Lenkrad, von dort zur Blende, retour zum Ganghebel. Laura holte aus, bremste in der Bewegung und startete den Wagen. An der Ausfahrt las sie, *Auf Wiedersehen*, ein weiteres Schild, noch zwei Kilometer bis zum Tunnel. „Du denkst doch auch, ich übertreibe, oder? Aber ehrlich, der erdrückt mich, ich weiß nicht mehr weiter."

Sie hörte Hannes reden, seine Stimme sonor, an ihr vorüber glitt eine Landschaft, die sie kaum wahrnahm, es war ihr nicht wichtig, was er sagte, solange er nur sprach. In Gedanken kehrte sie zurück zu ihrer Mutter, stieß auf deren Geburtstag an, heute hatte sie den Laden mittags geschlossen, um zur Feier zu fahren. Sie sah auf die Uhr, musste sich beeilen, um sieben die Verabredung mit Gregor zum Essen, in seiner Wohnung. Hannes war nun bei seiner Neuen angelangt, ein Summen am Ohr, mit einer flinken Handbewegung war die Fliege abgeschüttelt. Da schrie sie plötzlich auf, ihr Herz klopfte. Im Rückspiegel der rote Golf. Sie trat das Gaspedal durch, „ich muss jetzt Schluss machen!", brüllte Laura. Die Tunnelröhre raste auf sie zu.

Full Shot

Mild, aber grau, Tiefenbronn schloss das Fenster. Er sehnte den Sommer herbei, und dass endlich wieder Leben in die Gärten kam. Seit Tagen vertrösteten die Meteorologen, aber fürs Wochenende waren Sonne angesagt und ein deutlicher Anstieg der Temperaturen. Vorsorglich hatte er ein Batterielager angelegt und das Equipment überprüft, die Rotoren geölt, hier und dort ein Schräubchen nachgezogen. Jetzt war alles perfekt, brauchte nur noch einzutreffen, was die Wetterfrösche orakelt hatten.

    Um sich bei Laune zu halten, schaute er sich die Videos vom letzten Jahr an. Waren bemerkenswerte Filme dabei. Er hatte sie selbst bearbeitet, gutes Auge, ruhige Hand, die Maus sein verlängerter Finger, er war mit dem Joystick aufgewachsen. Dennoch unterliefen ihm Fehler, und manchmal schoss er nachts schweißgebadet hoch, stürzte in Pyjamahosen und

Trägershirt an den Computer, um in dessen Papierkorb zu fischen nach irgendeiner Datei mit einer Winzigkeit im Inhalt, die ihm im Traum als wesentlich erschienen war.

Tiefenbronn schnappte sich eine Dose Bier aus dem Kühlschrank, rollte sie über Wangen und Stirn, stellte sie auf den Küchentisch. Dort eine angebrochene Schokolade, er knickte eine Rippe ab, kauend fuhr er zusammen, griff sich an die Backe. Schneeweiß das Lächeln der Arzthelferin, einen Latz hatte ihm das Biest umgehängt, ihn hernach in Schräglage versetzt, bis er seine Schuhspitzen hatte sehen können. Nichts Intimeres, als sich ins Maul schauen zu lassen, fremden Händen ausgeliefert. Chapeau, hatte der Arzt gesagt, für seine Fünfunddreißig habe er das Gebiss eines Sechzigjährigen. Kein zweites Mal hatte ihn dieser Metzger gesehen, war vor vier Jahren gewesen.

Erneut ans Fenster, die Stadt kroch ihm in die Nase, Abgaswölkchen, irgendwo wurde immer gekocht. Er massierte sich das Kinn, sah in der Scheibe gespiegelt die schmalzig dunklen Haare auf seinem Schädel. Neugierig folgte sein Blick der Brünetten vom Nachbarhaus, sie war Komparsin in einem Hinterhoftheater, gute Figur. Einen Song im Ohr, brummte er vor sich hin, „hot town, summer in the city".

Der Freitag eine Enttäuschung, schlierig der Himmel, erst gegen Abend hellte sich Tiefenbronns Miene auf. Und tatsächlich, als er tags darauf erwachte, fiel ein Lichtquadrat ins Zimmer, die Sonne wie eine Tür am

Teppichboden. Rasch schlüpfte er in die Hose, nun mussten die Heimischen nur ihrer Albernheit gehorchen, diesbezüglich bestand wenig Anlass zur Sorge. Regnete es Ende August, holten sie die Daune raus, läutete jedoch die Märzsonne sie aus dem Schlaf, griffen sie zu Flipflops, Shorts und Minirock. Immerhin schon Mai, das Hemd roch, egal, barfuß in die Küche.

Ein bisschen Vorsprung müsste er ihnen geben, spätestens in den Mittagsstunden würden Meeresbrisen durch die Straßen wehen, Sonnenöldüfte. Unschönes wäre zu bestaunen, Schwarten und schlaffe Oberarme, und klar, mancher Zeitgenosse wollte die Augen niederschlagen und ein Loblied auf den Mantel anstimmen. Aber auch die Hässlichkeit hatte ihren Reiz. Speziell in künstlerischer Hinsicht. Den Fleischern wäre Ästhetik ohnedies einerlei, Berge von Würsten und Koteletts fänden ihre Abnehmer, Tiefenbronn lachte auf und kratzte sich am Kopf, Schuppen bröselten wie glitzernde Späne auf seine Schultern herab.

Eine Szene erinnerte er, ein Rudel Langhaariger war mit Transparenten bewaffnet durch die weihnachtlich beleuchteten Straßen gestampft, am Adventmarkt vorbei, wo ein Standbesitzer Ponyreiten für Kinder angeboten hatte. Verzweifelt hatte er über die Straße gebrüllt, man möge ihm die Pferdchen nicht scheu machen, die wären knapp vorm Durchdrehen. Doch die Tierschützer, taub vom eigenen Getrommel und Getriller, hatten unverdrossen skandiert: „Wir begrüßen alle, aber nicht ihren Pelz."

Gab nur noch Schützer in diesem Land, Tiefenbronn biss ins Butterbrot, er war froh, seine Ausbildung in den USA gemacht zu haben. Die Bierdose auf dem Küchentisch, er stellte sie in den Kühlschrank zurück. Mit seinen Kommilitonen war er sich einig gewesen, ihnen gehörte die Zukunft. Schmatzend legte er die Hände aufs Fensterbrett, Wärme bestrich seine Finger, er wurde kribbelig. Auch ihr Lehrer am College, ein ehemaliger Kampfpilot, hatte lediglich gespottet über irgendwelche Big-Brother-Theorien. Europa hinkte nach, er klopfte ans Fenster, hier faselte man von Privatsphäre. Am allerschlimmsten die Ökos. Woher haben sie denn die E-Mail-Adressen? Täglich müllten sie einen zu mit Newslettern. Mal ging es um Pestizide, dann um Bienen, er mochte keinen Honig, der schmerzte bestialisch in den Zähnen, und Grünzeug konnte ihm gestohlen bleiben.

Keine schlechte Laune jetzt! Tiefenbronn schaltete das Radio ein und war sofort ein anderer. Ja, die Amigos an den Mischpulten, Rädchen im Wind, jagten die Sommerhits vergangener Jahre in den Äther. Um sich zusätzlich zu stimulieren, fuhr er den PC hoch, startete den Player und klickte wahllos auf eine Datei.

Ein Dickwanst in Sportshorts zupft sich am Sack, in der Rechten die Grillzange, Plastikschlapfen an den Füßen, Knienarbe, vermutlich Meniskus-OP. Ganzkörperbehaarung, Abszess am Rücken, Nahaufnahme Doppelkinn. Schnittlauch zwischen den Zähnen, Fleischreste. Fette Frau am linken Bildrand,

Schweißfilme in den Bauchfalten, ums Bikinihöschen Wildwuchs. Welker Salat, Plastikschüsseln auf dem Tisch, Pappteller, senfbeschmiert. Abgenagte Knochen, blutig, unter der Nase Ketchup, Pimmel schräg aufwärts, junger Mann im Tanga. Tattoo in der Leiste einer Wasserstoffblonden, Nabelpiercing, Full Shot. Ein Schwimmflügel –

Tiefenbronn stoppte den Clip. Am liebsten hätte er sich geohrfeigt. Er sprang auf, stopfte sich eine Rippe Schokolade in den Mund, verdrehte die Augen: „Was nur im Entferntesten an Kinder denken lässt, hat in den Filmen nichts zu suchen!" Hastig aß er den Rest der Tafel, knüllte das Papier zusammen, tapste ans Fenster. Die Brünette vom Nachbarhaus, sie schaute zu ihm herauf, er machte einen großen Schritt rückwärts.

Die Sonne reichte ihm bis ans Knie, er spürte die Wärme auf den nackten Füßen, die nun noch käsiger wirkten. Er gab sich einen Klaps auf den Schenkel, dann setzte er sich an den Rechner und aktivierte das Bearbeitungsprogramm.

Achselgeruch stieg ihm in die Nase, er wetzte am Stuhl hin und her, Fitzelarbeit. Die Ader auf seiner Stirn schwoll an, er zwang sich zu Konzentration, die Zunge an die Oberlippe gepresst. Endlich geschafft, der Flügel so herausgeschnitten, dass sich ein nahtloser Übergang von Nabelpiercing auf Bierglas mit fettigen Fingerabdrücken ergab. Tiefenbronn atmete durch, lehnte sich zurück und blickte zum Radio. Nun konnte der Sommer richtig beginnen.

Eine halbe Stunde später hatte er den Schlusscheck am Equipment vollzogen. War es noch zu früh, um loszulegen? Womöglich würde es die Leutchen erst nach dem Mittagessen ins Freie treiben. Er entschied sich für eine Testrunde am Stadtrand, packte seine Sachen, in den Kofferraum damit, und ab.

Schon nach kurzer Fahrzeit erkannte er seinen Irrtum. Bunte Schirme auf Balkonen, Handtücher, Picknickkörbe, in Grünanlagen entblößten sich Sonnenhungrige. Irgendwann würde man ihm die Arbeit danken, vielleicht nicht die Sommerclips, die waren Privatvergnügen, aber all das andere Material, das er gesichert hatte. Tiefenbronn schaltete die Lüftung ein, auf seinem Unterarm schillerten die Härchen. Musste nur was passieren, und er war ein gefragter Mann. Wie letzthin, drei Glatzen im Visier, einem Türken waren sie hinterdrein. Das Video hochgeladen, abertausende Klicks, Erwähnung in den Spätnachrichten, Verbrechensbekämpfung. Er drückte zweimal rasch das Kreuz durch, Probleme mit dem Verfassungsschutz, aber Zuspruch von amerikanischen Freunden, aus England sowieso.

Für ein Wochenende war er nach London eingeladen worden, in den Moloch der Linsen, über eine Million Kameras, allzu vordergründig diese. Wer mordete denn und grinste dabei ins Objektiv im Wissen, es befand sich über seinem Kopf? Kriminelle hatten sich nie durch etwas abschrecken lassen, ertappte man sie jedoch auf frischer Tat –

Das Gebläse nervte, er kurbelte die Scheibe runter. Gerne wäre er in den Staaten geblieben, dort hatten lukrative Jobangebote gewinkt, in Grauzonen freilich. Ein Immobilienbüro hatte ihn anheuern wollen, seine Klientel lechze momentan nach Luftaufnahmen, Interesse auch von einer Security-Firma, Objektschutz, ohne Taschenlampe und Schlüsselbund, mit welchen die Wichte hierzulande durch die Nächte strolchten. Und den Studiosi hatte er als Koryphäe gegolten, sein Sinn für Bildkompositionen, sein phänomenales Auge, von weitem wusste er Silikontitten von anderen zu unterscheiden, Tiefenbronn spürte, wie sein Schwanz hart wurde.

Haben die nichts Besseres zu tun! Zulassung, Führerschein. Er wich dem Blick des Polizisten nicht aus, der schob die Mütze in die Stirn, während sein Kollege den Wagen umrundete. Drüben war er einmal in eine Kontrolle geraten, Hände aufs Dach, Beine auseinander, wie im Film. Tiefenbronn grinste, der Beamte wünschte ihm gute Fahrt.

Der Testlauf perfekt, Nacktbaden am Baggersee, Skulpturen, wie das Leben sie meißelte. Schwachpunkt weiterhin der Energieverschleiß, ein permanentes Nachladen erforderlich. Hier müsste er sich was überlegen, mal nach San Diego mailen, wo ein Kumpel aus Collegezeiten ein Produktionslabor aufgebaut hatte, mit dem er sich mittlerweile eine goldene Nase verdiente. Auch mit der Nachtflugtauglichkeit haperte es. Andererseits, er brauchte die natürliche

Lichtquelle, um sich künstlerisch entfalten zu können. Tiefenbronn verschlang einen Burger und machte sich auf den Weg zur Brünetten vom Nachbarhaus.

Den Atem schnürte es ihm ab, vor Schreck verlor er beinah die Kontrolle über die Drohne. Um sie zu retten, musste er umkehren, rasch, das *Low Battery*-Symbol blinkte. Schub raus, enge Kehre, Anstellwinkel erhöhen, er fing an zu schwitzen. „Reiß dich zusammen", herrschte er sich an, „mehr Schub!", er konnte nicht glauben, was er gerade gesehen hatte. Seine Arme fühlten sich an, als hinge er seit Minuten an einem Ast, das Blinken wurde zum Flackern, Sackflug, abermals Enge im Hals, die Verkrampfung erfasste den Nacken. Angezogen die Schultern, das Kinn vorgestreckt, überließ er sich der Routine seiner Finger.

Nach geglückter Landung zitterten seine Hände, er stürmte aufs Klo, übergab sich, sah die Gurkenscheibe, zerkautes Weißbrot, Faschiertes, erbrach wieder. Speichelfäden hingen ihm von den Lippen, er wischte sie mit dem Handrücken weg, hustete Zwiebelstückchen. Im Aufrichten durchstoben ihn Bilder, er lehnte sich mit dem Rücken an die Fliesen und rutschte an ihnen hinab. Unfähig einen klaren Gedanken zu fassen. Mit Mühe hob Tiefenbronn den Arm, drückte die Klospülung. Im Rauschen kehrte sein Blick zurück auf die Terrasse.

Das brünette Haar straff zusammengebunden, winzige Schweißperlen auf der Stirn, als ein Schatten über ihr Gesicht fällt, öffnet sie die Augen, lächelt. Ein Mann beugt sich zu ihr hinunter, küsst sie. Er trägt einen hellen Leinenanzug, weißes Hemd, gebräunt seine Hände, in der Linken ein Schlips. Plötzlich ohrfeigt er sie, ihr Kinn kippt zur Seite, blitzartig zieht er die Krawatte –

Tiefenbronn schlug mit dem Hinterkopf an die Wand, immer schneller, fester. Ihm wurde schwindlig, seine Kiefer mahlten, ein Stück vom Backenzahn bröckelte ab, er spuckte es aus. Brachte das Schwein sie vor seinen Augen um.

Er rannte die Straße hinab, musste jetzt an sich denken, der Frau war nicht mehr zu helfen, auch vorhin nicht. Was hätte er denn tun sollen? Von seiner Wohnung in die ihre, niemals wäre das zu schaffen gewesen. Sein Kiefer wummerte. Gleich die Polizei alarmieren, ausgeschlossen, die hatte ihn auf dem Kieker. Nur Stress nach der Sache mit den Nazis, alles Mögliche war ihm angedroht worden. Europa hinkte einfach nach. Wiederholt leckte seine Zunge an den abgebrochenen Zahn, zuckte zurück, als erhielte sie einen Stromschlag. Das Video ins Netz stellen? Er sah die angstgeweiteten Augen, im Schrei nach Luft aufgerissen ihr Mund. Ein Knödel überm Kieferknochen, er tippte ihn an, röchelte vor Schmerz. Es gab da eine Schwelle, noch mal zu ihr, das würde nichts bringen, er hatte umkehren müssen, die verflixte Batterie, zumindest hatte sie ihm das Ende des grausamen Dramas erspart. Tiefenbronn fluchte, die Apotheke hatte Samstagnachmittag geschlossen. Dann eben auf die bewährte Tour, er lachte gallig, sein Schritt wurde zuversichtlich.

Sie lungerten auf einer Bank, drei Burschen, er verlangsamte, nickte ihnen zu. Einer von ihnen stand auf, Tiefenbronn folgte ihm durch den Park, gelangte kurz darauf in einen Hinterhof. Vielleicht hätte sie heute Vorstellung gehabt, man würde bei ihr anrufen, bald schon hätte man Gewissheit, wäre die Kripo vor Ort. Den Mann im Leinenanzug hatte er nie zuvor gesehen. Er drückte dem Burschen einen Fünfziger in die Hand.

Selten gesprochen hatte er mit ihr, sie ab und zu im Supermarkt getroffen, dennoch ihre Stimme nun im Ohr, dunkel, rau. Sogar ein Wort erinnerte er, prickelnd, immer hatte sie es gesagt, das R dabei gerollt, affektiert. Was bei der alles prickelnd sein konnte! Schauspielerin halt. Der Typ, der sie erdrosselt hatte – ihr Liebhaber, ihr Agent? Der Trottel hatte in die Kamera gegrinst, wusste ja nichts davon, ein Klacks, die Drecksau zu überführen. Vielleicht doch bei der Polizei anrufen, anonym, das wäre möglich, eine Personenbeschreibung abgeben. Das Gesicht des Beamten von der Verkehrskontrolle rutschte ihm in den Blick, er blieb stehen. Erst mal einen rauchen, dann würden sich die Schmerzen endlich verziehen. Seine Finger an der glühenden Backe, Schweiß auf seiner Stirn.

Tiefenbronn stand vor der verschlossenen Haustür, kramte in den Hosentaschen, lugte hinauf in den ersten Halbstock. Wieder einmal hatte er den Schlüssel vergessen, gut, dass er das Küchenfenster meist angelehnt ließ. Nachdem er bei sich eingestiegen war, wühlte er erneut im Schuhkarton mit den Medikamenten, fand zwei Mexalen, schwach entzündungshemmend, besser als nichts.

Das Gras wirkte rasch und machte ihn selbstsicher, er musste was tun, der Kerl käme nicht ungeschoren davon, dafür würde er sorgen. Er glotzte aufs Display seines Handys, eine Nachricht, unbekannte Rufnummer, die Frage, wie es ihm gehe? Er schüttelte den Kopf, und es schien Minuten zu dauern, ehe er sich selbst antworten konnte: Keine Ahnung. Mühsam erhob er sich, die paar Meter ins Schlafzimmer ein Kraftakt, er warf sich aufs Bett und wälzte sich auf den Rücken. Am Plafond flossen Gesichter ineinander in ein orangeflimmerndes Signal, von der Straße abnehmender Verkehrslärm, irgendwo lachte ein Kind, er sah sich vor einer Konsole sitzen, betastete die fingerdicke Beule an der Wange, spürte sie kaum noch.

Ein Knarren, die Türklinke, sie bewegte sich, er stieß einen Schrei aus, starrte auf eine gebräunte Hand, den Schlips in ihr. Er wollte sich aufrichten, aber schon kniete der Mann im Leinenanzug über ihm, schlug mehrmals zu und zog ihm die Krawatte um den Hals. Er gierte nach Luft, Panik presste ihm auf die Lunge, die Zunge vorgestülpt, in den Ohren ein Tosen. Seine Glieder krampften, doch er fühlte nichts, sein Körper löste sich auf, der Raum zerfiel in Doppelbilder, die rasant an Farbe verloren. Nur noch Graustufen jetzt, Dunkelheit umfing ihn, Tiefenbronn schoss hoch, das Telefon klingelte. Für Sekunden orientierungslos, dann hörte er sich schreien, sein Herz trommelte, er fasste sich an die Kehle, sank ins Kissen, und das Klingeln riss ab.

Das Schlucken schmerzte, die Zimmerdecke rückte näher, allmählich nahmen die Gegenstände wieder Form an. Dort der Schrank, die Kommode, auf ihr der alte Radiowecker, 23:11. Eitergeschmack im Mund, durchs Fenster das matte Licht einer Straßenlaterne, sein Hals steif, in ihm ein hartes Pochen. Silhouetten sprangen durchs Zimmer, der Raum drehte sich und bremste abrupt, als Tiefenbronn Boden unter den Füßen hatte. Schwankend erhob er sich, entferntes Gelächter, das einer Stimme folgte, ihm war, sie gehörte dem Burschen, von dem er das Gras gekauft hatte. Plötzlich setzte sein Atem aus, der Kerl im Leinenanzug stupste ihn an, doch es war nur der Ärmel seiner Jacke an der Garderobe neben der Tür.

Er betrat die Küche, seine Hand tastete nach dem Lichtschalter. Beide Flügel geöffnet, auf dem Gesims Schuhabdrücke, langsam ging er zum Fenster. Er schaute auf die Straße hinab, unversehens beutelte es ihn, fing er an zu gackern. Die Brünette vom Nachbarhaus, sie winkte zu ihm herauf. Wie in Zeitlupe schloss er das Fenster, legte die ausgebuchtete Wange an die Scheibe, und die Frau verschwand in irgendeinem Winkel seines Bewusstseins. Das Glas kühl, er fühlte Erleichterung, die den Tränen zuwiderlief, die er sich aus den Augen wischte.

Mit Schnaps schwemmte er sich den Mund aus, fand eine weitere Schmerztablette, im Badezimmerspiegel hing sein verformtes Gesicht. Dreck unterm Fingernagel, er klappte die Unterlippe vor, ein Reißen in der linken Brust, abermals das Telefon. Als triebe ihm der rasende Puls einen Nagel ins Kiefer, hinaus auf den Flur, der Klingelton schwoll an. Zögerlich führte er den Hörer ans Ohr, eine dunkle Stimme: „Full Shot, Arschloch. Alles mitgefilmt vorhin? Und wusstest nicht, dass wir dich seit Wochen auf dem Schirm hatten. Prickelnd, was?" Ihr Lachen zischte wie Dampf aus der Muschel, dann nur noch das Besetztzeichen und er.

Tiefenbronn stolperte ins Schlafzimmer, das zerwühlte Laken, seine Hände zitterten. Kaum schaffte er es, die Hosenknöpfe zu öffnen, streifte die Schuhe ab, sank aufs Bett. Er drehte sich zur Seite, zog die Decke über den Kopf, winkelte die Beine an. Stoßwellen durchliefen ihn, sein Körper zuckte, plötzlich aber wurde er ganz ruhig. Er müsste zum Zahnarzt, vielleicht morgen schon, nein, erst am Montag.

Fassbare Formen

Als die Wohnungstür hinter ihr ins Schloss fiel, wusste Rosa Gassler, ein anderes Leben hatte begonnen. Ihre Finger tänzelten das Treppengeländer hinab, formten sich wiederholt zur flachen Hand, die in einer flinken Bewegung auf die Balustrade knallte. Vorm Haustor empfing sie ein fassadengrauer Morgen, an der Haltestelle Menschen, Schreibtische vor Augen, Arzttermine, irgendein Ziel. Rosa schaute hinauf in den dritten Stock des Hauses, in dem sie seit zwölf Jahren wohnte. Straßenseitig das Küchenfenster, hinter dem Erwin gerade in der Nase bohrte, weil er dies stets tat, wenn er die Zeitung las.

Leicht vibrierte der Boden, ein zischender Ton, die Türen der Straßenbahn klappten auf. Arme und Schultern umwuchsen Rosa, ein Aktenkoffer drückte ihr in den Rücken, sie ließ sich in den Waggon treiben. Eingekeilt zwischen Gerüchen, hielt sie sich im

Gleichgewicht, über ihr baumelten Schlaufen. Sie dachte an Frau Blum und an die nichtbezahlten Rechnungen, an ihren Mann, der jetzt blätterte, bis er auswendig aufsagen konnte, was ihn nicht interessierte. Das dauerte mal eine Stunde, dann wieder zwei, aber Zeit spielte für ihn keine Rolle, Webshops hatten rund um die Uhr geöffnet.

Links von ihr ein Dickleibiger, er roch nach billigem Rasierwasser, sein Hals gerötet, von Pusteln übersät. Erwin rasierte sich nur noch sonntags, sie spürte ein Jucken auf der Hand, ihre Finger tänzelten in der Manteltasche. Der Mann hob beide Arme, als wollte er durch die Körper schwimmen, die ihm den Weg zur Tür versperrten, „ich muss hier raus", stöhnte er. Schnaubend kämpfte er sich ins Freie, seine Lücke schloss eine junge Frau, deren lackierte Nägel geschäftig über das Handydisplay klackten.

Rosa sah sich ein Büro betreten, schwarze Ledersessel, hinter einem ausladenden Schreibtisch wuchsen Hochhäuser ins Fenster. Wohnte Frau Blum dort? Nicht weit zur Arbeit hätte sie es dann. Und bestimmt las ihr Mann keine Zeitung, führte eine solche lediglich unter der Achsel von einem Termin zum nächsten, bestens informiert durch andere Quellen. Nicht einmal aufgeblickt hatte Erwin vorhin, als sie ihm eröffnet hatte, sie wolle sich scheiden lassen, halte es nicht mehr aus mit ihm. „Nur zu", hatte er gesagt, „wenn du glaubst, dass es dir dann besser geht. Viel Hoffnung wirst du dir nicht machen müssen, einen

Dümmeren als mich findest du nicht, einen Gescheiteren hast du nicht verdient."

Erwin Gassler war seit drei Jahren Frühpensionist. Zuvor hatte er für eine Versicherungsanstalt gearbeitet und Formulare auf Fehler überprüft. Waren ihm welche untergekommen, hatte er die Blätter im Fach *Ungültig* abgelegt, hatten die Antragsteller sich an die Vorgaben gehalten, waren ihre Gesuche in die Ablage *Zur Weiterleitung freigegeben* gewandert. Zwölf Jahre lang hatte er das gemacht, eines Abends über Rückenschmerzen geklagt. Tags darauf hatte sein Hausarzt von einer Volkskrankheit gesprochen und ihm ein Burnout diagnostiziert. Erwin hatte sich umgehend nach den Symptomen erkundigt, seiner Rosa später von Antriebslosigkeit erzählt, nichts mehr mache ihm Freude. Gestrichen fortan die Wochenendspaziergänge und Kinobesuche, die Gespräche übers Wetter so wenig zumutbar wie Abende mit Freunden. Vom Krankenstand in die Pension.

Rosa hatte er im ersten Jahr seiner Tätigkeit kennengelernt, sie war bei ihm im Büro aufgetaucht – der defekte Kühlschrank, also wenn die Polizze da nicht greife! Bald darauf die Hochzeit. Sie hatte ihre Arbeit als Friseurin aufgegeben, sich in einer Dreizimmerwohnung mit kleinem Balkon dem Haushalt gewidmet. Beider Kinderwunsch war unerfüllt geblieben, ein Hund an seinem Jugendtrauma, eine Katze an ihrer Allergie gescheitert. Dass es anderen schlechter gehe, war zur Grundlage geworden, sich dankbar zu wähnen. Der Bekanntenkreis hatte sich verändert, Erwins Freund aus Kindheitstagen hatte eine Erklärung dafür. Mit fünfzig sei die Schmerzgrenze erreicht, müsse man sich nach Alternativen umsehen, eigentlich solle man schon mit vierzig damit beginnen, er war mittlerweile zum dritten Mal verheiratet.

Die Wohnung der Gasslers lag in einer ruhigen Seitenstraße, hier blieb man unter sich. Es gab ein aufgelassenes Kino, in dessen Vitrinen noch Plakate aus den Neunzigerjahren klebten, einen Lebensmittelladen mit überteuerten Preisen, eine Apotheke, keine Kebab-Bude. Hoch die soziale Kontrolle, irgendwer schaute immer aus dem Fenster.

Mit Anrainern verkehrte nach wie vor ausschließlich sie, machte ihnen die Haare, man sprach von Nachbarschaftsdienst. Der hatte über Jahre dazu beigetragen, das Urlaubssparschwein zu mästen, zwei Wochen in den Bergen, von dort mit müden, aber vom Frohsinn geröteten Gesichtern zurück. In Gesprächen mit Freunden waren die Gipfel dann mit jedem Satz höher ins Blaue gestiegen, bis wieder Routinen die Tage eingeebnet, zugleich vorm Stolpern gefeit hatten. Alles im Schrumpfen begriffen mit zunehmendem Alter, die Kathedralen der Kindheit zu Kapellen verengt. Der Glaube jedoch eine Konstante, die sie jeden Sonntag in die Kirche geführt hatte, bis Gott Erwins Belastbarkeitsgrenze überschritt.

Seit der Diagnose war die Welt um ihn eine andere geworden, Rosa hatte ihm einen Orthopäden angeraten – ja, wenn der sich auf Burnout verstünde! Erwin hatte ein Wort, um sie zum Schweigen zu bringen, und dieses Wort hatte viele Synonyme, wesentlich mehr als eine Wirbelsäule Dornfortsätze. Sie habe keine Ahnung von seinem Leiden, wisse nicht, wovon sie rede, sie möge sich bitte um die Haare auf anderer Menschen Köpfe kümmern und nicht um deren Gedanken, dazu reiche ihr Grips nicht aus. Er müsse jetzt an sich denken, sein Leben sei eine Katastrophe und sie eine noch größere, stets nörgle sie herum. Jahrelang habe er geschuftet – und was davon gehabt? Sie solle sich ein Beispiel an Frau Blum nehmen, die habe es nicht nur zu etwas gebracht, sondern auch verstanden, in welchem Dilemma er stecke.

Bereits während seines Krankenstands waren wöchentlich Lieferungen eingetroffen, seit seiner Pensionierung täglich. Fernsehapparate, Computer, der dritten Espressomaschine rasch eine vierte zur Konkurrenz. Unzählige Benutzerkonten, Passwörter, Rechnungen zunächst per Nachnahme, später online, Ratenzahlung möglich. Bald hatte er den Überblick verloren, in ihr eine Schuldige gefunden, eine Kleinkrämerin sei sie, der defekte Kühlschrank, dass er nicht lache! Schon damals hätte er erkennen müssen, aus ihrem Mund komme Stuss, ungültig, nicht zur Weiterleitung freigegeben! Sie solle endlich das Maul halten, alles bringe sie durcheinander, habe kein Verständnis für seine Situation. Ein neues Auto, ein Motorrad, Internetforen würden ihm raten, sich Gutes zu tun. Also Reisebuchungen in Länder, die er von Kindheit an hatte sehen wollen, die Stornogebühren enorm, Zwangsinkassos, Schuldeneintreiber. Er hatte ihnen höflich die Tür geöffnet, sie lächelnd an seine Frau verwiesen, er sei momentan nicht belastbar.

Rosa hatte ihre Nachbarschaftsdienste auf die Häuser in der Straße ausgeweitet, ihm war darüber zum Lachen gewesen, einen Kredit hatte er aufgenommen, einen zweiten, noch einen.

Im Stadtzentrum stieg Rosa aus, gestern vertraut, nun unwirklich, ein vergangenes Leben. Häuser stürzten auf sie zu, bildeten eine Gasse, die Versicherungsanstalt, flüchtig kehrten fassbare Formen zurück, die gläserne Drehtür, durch die Erwin – ihre Hand schnellte aus der Manteltasche. Rostige Speichen, ein in grässlichem Gelb lackierter Rahmen, das Rad neben dem Eingang unversperrt. Eine Sekunde, dachte sie, eine einzige Sekunde reichte aus für einen Richtungswechsel. Dann hetzte sie weiter, der Boden unter ihren Füßen, ihre Schritte, sie spürte nichts. Und da tauchte sie auf, die Kreditbank, wie ein Schiffsbug ragte die spiegelverkleidete Stahlkonstruktion in den Platz herein.

Die Türen öffneten automatisch, *Wir bringen Ihre Zukunft auf Kurs*, Familienglück prangte auf Postern, die Schalterhalle wie eine Kirchenkuppel. Auch gestern war sie hier gewesen, immer wieder in den vergangenen Wochen. Kurz der Gedanke, umzukehren, noch war es möglich, das gelbe Fahrrad kam ihr in den Sinn, und schon stand sie im Aufzug, fuhr hinauf in die zweite Etage.

Schwarz das Schild, goldene Lettern, Vera Blum, Kreditberatung. Ohne anzuklopfen betrat Rosa das Büro, eine Frau in grauem Hosenanzug kehrte ihr den Rücken, blickte durchs Fenster auf die Hochhäuser hinaus. Langsam drehte sie sich um, kam auf klackernden Absätzen hinter dem Schreibtisch hervor. Rosa eilte ihr entgegen, schubste sie in einen der Ledersessel, auf dem Tisch ein schwerer Brieföffner, wie oft hatte sie sich – sie griff danach.

Es tue ihr aufrichtig leid, ihr seien die Hände gebunden, sagte Frau Blum, ihre Augen schreckgeweitet. Man habe doch lange Nachsicht geübt, einer an sich aussichtslosen Situation die minimale Chance auf eine Wende nicht verwehrt.

Sie sei nicht wegen eines neuen Kredits hier, ihre Stimme klang seltsam, ihre tänzelnden Finger fanden sich in einer flinken Bewegung zur flachen Hand im Gesicht der Blum. Die schrie auf, hielt sich die Backe, Rosas Mund aufgerissen, ein dünner Faden surrte aus ihm, sie habe sich ein Beispiel an ihr nehmen wollen, hörte sie sich entfernt sagen und verließ das Büro.

In der Schalterhalle, auf dem Vorplatz, ihr schien, als liefe sie durch Erinnerungen, das gelbe Fahrrad, ihr Blick wurde wässrig. Schemenhaft näherte sich eine Gestalt, sie blinzelte, aus dem Schleier stieg ein Polizist, maß sie streng. Sah er nicht zum Verwechseln dem Gerichtsvollzieher ähnlich, der vorgestern bei ihnen aufgetaucht war? Sie suchte nach seinem

Namen, sprach ihn aus, lediglich ein Keuchen aus ihrem Mund, ihre Stimme hatte sich aufgelöst. Der Beamte tippte sich an die Mütze, schritt an ihr vorbei, das Rad steuerte er an, sie rannte los.

In der Tram verschwammen alle Gesichter zu einem, fast war es wie in jenen Tagen, als sie Erwin die ersten Male getroffen hatte. Jedes Beben seiner Mundwinkel hatte sie aufgesogen, seine Lippen, die Nase, die Backenknochen, bis sein Gesicht ihr hinter die Augen geflossen war und sie nur noch ihn gesehen hatte. Keine Worte hatte sie damals finden können für das Glück, war in den vergangenen Monaten sprachlos geworden an seiner Seite – nun nicht mal mehr das.

Als sie nachhause kam, bohrte er in der Nase, schenkte ihr keine Beachtung. Sie nahm ihm gegenüber Platz, er trug den Sweater, den sie ihm zum Neununddreißigsten vor vier Jahren geschenkt hatte, ihr Blick fuhr die Marmeladenreste auf der Messerklinge nach. Ob ihre Suche nach einem Gescheiteren schon zu Ende sei, fragte er, ohne von der Zeitung aufzuschauen. Rosa fühlte den Brieföffner in der Hand, warm der Knauf, ihre Finger tänzelten über die Tischplatte.

Eine Melange im Nirgendwo

Mallnitzer war nicht groß, war aber auch nicht klein genug, um vom Schicksal übersehen zu werden. Er lebte in einer Kleinstadt, deren Einwohner sich für Großstädter hielten, da es im Umland nur noch kleinere Städte, Dörfer und Marktgemeinden gab. Daraus erwuchs ihnen ein Selbstbewusstsein, das immer dann besonders laut wurde, wenn es galt, einen Blick über den Tellerrand zu wagen. Wer es hier nicht schaffe, glücklich zu werden, sei auch anderswo fehl am Platz, so redeten sie, so sprach auch Mallnitzer jahrelang. Irgendwann aber wurde aus dem *sei* ein *wäre*, und Mallnitzer glaubte sich selbst nicht mehr, was zur Folge hatte, dass seine Frau sich von ihm scheiden ließ.

„Vergiss diese sprachlichen Spitzfindigkeiten, sie sind dein Ruin", hatte Möllthaler gewarnt, und: „Begreifst du denn nicht, wie gut du es hier hast?" Ein halbes Jahr später war Möllthaler nach Wien übersiedelt, schweren Herzens, wie er gesagt hatte, was Mallnitzer lächerlich nannte, war sein Freund doch der Liebe gefolgt. Mittlerweile war der Kontakt zwischen ihnen beinahe abgerissen, Mallnitzer ärgerte sich unbändig darüber, weil die Worte nur zur Hälfte einlösten, was die Phrase versprach. Denn in den Sinn kam ihm Möllthaler täglich, er hatte aus Wien eine Postkarte geschickt, die Mallnitzer nun als Lesezeichen verwendete. Und so wanderte aus dem Goethe in den Boethius und weiter in die schmalen Lyrikbändchen gegenwärtiger Poetaster, was ihm sein Freund geschrieben hatte: Durchs Reden kommen die Menschen zusammen, die Sprache trennt sie wieder. Das war an sich ein Satz nach Mallnitzers Geschmack, dennoch hatte er nach Erhalt der Karte den Stift schon in der Hand, um Möllthaler zu erwidern. Davon abgehalten hatte ihn die Einsicht, dass seine Worte den Satz nur bestätigen würden. Was ihn aber schier zur Verzweiflung trieb: dass sein Schweigen dies ebenfalls tat.

Vor einigen Tagen hatte Mallnitzer seine Ex mit diesem Satz behelligt, in einem Café in der Altstadt waren sie gesessen, das sie schon während ihrer Ehe oft besucht hatten. Sie trafen sich nach wie vor regelmäßig, telefonierten, unternahmen wochenends Wanderungen. Für ihn blieb sie seine Frau, auch über die Trennung hinaus, und dass die Kellnerinnen sie immer noch als Paar ansahen, erfüllte ihn mit Freude. Die schlug in ihr Gegenteil um, wenn er wieder zuhause war. An jenem Tag hatte er dies noch tiefer verspürt, seine Frau war im Café in Gelächter ausgebrochen und hatte dem Möllthaler'schen Satz die Frage erwidert: „Ist das die neue Abschleppmethode der Mittdreißiger?" Mallnitzer war perplex gewesen, hatte nicht gewusst, was sagen, und die Antwort erst tags darauf zwischen den Schenkeln einer Kollegin gefunden. Generell ließ er seit der Scheidung keine Gelegenheit aus, stieg von einem Bett ins andere, wenngleich ihm danach das Gefühl zusetzte, er würde seine Frau dadurch betrügen.

Seine Kollegin Katsch wich ihm nunmehr aus, sowohl bei der Gangaufsicht als auch im Konferenzzimmer. Er hatte ihr am Rand eines Elternabends die Möllthaler'sche These als eigene verkauft, man müsse ja nicht immer reden, hatte sie entgegnet und ihn spontan zu einem Glas Wein in ihre Wohnung eingeladen.

Mallnitzer unterrichtete Deutsch und Geschichte, für welches der Fächer seine Schüler weniger Begeisterung aufbrachten, war ihm an manchen Tagen einerlei. Nicht aus Enttäuschung über ihr mangelndes Interesse, er selbst hatte keine Lust mehr, sie zu dem zu erziehen, was Ziel aller dekretierten ministeriellen Bemühungen war: der minimalkompetente Genügendschüler. Hatten es die Schüler nicht wenigstens verdient, ihren Eltern das Wasser reichen zu können, all den Kleinstädtern, für die der Schulabschluss zumindest noch der Einstieg ins Mittelmaß war?

Als Mallnitzer die Vorgabe aus dem Ministerium das erste Mal gehört hatte, war er nahe daran gewesen, zu kündigen. Gehindert hatte ihn die Angst, und die war der Gewissheit geschuldet, dass er eben nur Durchschnitt war, der es sich nicht leisten konnte, den Job zu schmeißen. Mit sich selbst hatte er gestritten und, verdammt, er hatte es nicht gewollt, seine Frau war ihm dabei in die Quere gekommen, täglich wieder, bis sie es schließlich nicht mehr ausgehalten hatte mit ihm. „Dann geh doch, aber verlang nicht von mir, dass ich mitkomme", hatte sie ihn angeschrien. „Von Verlangen kann schon lange keine Rede mehr sein", sein Kalauer darauf, und hätte die Sprache nicht sein Gesicht gehabt, ihre ureigenste Fratze wäre zu sehen gewesen.

Las Mallnitzer in den Gesichtern seiner Schüler, deutete dort selbstredend nichts auf den Wunsch hin, irgendwann als Genügendbürger enden zu wollen. Ihre Blicke zielten auch nicht auf ein Mittelmaß ab, auf eine Lehre, eine weiterführende Schule, gar ein Studium. Diese Augen, und das erstaunte Mallnitzer wirklich, war doch die eigene Jugend nicht so fern, diese Augen träumten nicht davon, entdeckt zu werden, sie entdeckten sich kurzerhand selbst. Und manchmal beneidete er die Schüler, wie sie ihre Biographien als Starschnitt abfeierten, für sie war der Unterricht ein Casting ohne Wert, ihre Auswahlverfahren folgten anderen Kriterien. Und dennoch – in ihren Reden kehrten sie der Stadt wiederholt den Rücken, und es war dann so ernüchternd für Mallnitzer, ihnen zuhören zu müssen, in diesen Momenten wollte er ihnen am liebsten den Mund verbieten: Sobald ihr das Maul aufmacht, tappt ihr in die Konjunktivfalle, herrschte er sie in Gedanken an. Er ahnte, bald schon würden sie schwatzen wie ihre Eltern, schlimmer noch, Winzigstädter würden aus ihnen werden, kleingehalten von der Dummheit minimalkompetenter Beamter.

„Na, Hauptsache, du weißt immer alles", hatte ihm seine Frau damals kaum vernehmbar über die Schulter zugeworfen, schon an der Wohnungstür, wo seine Frage sie eingeholt hatte, „weißt du, was du tust?" Sieben Jahre schmolzen in diesen fünf Worten zusammen, auch er hatte leise gesprochen, in beiden war nichts mehr gewesen, das hatte laut werden wollen, außer der Enttäuschung über das Ende ihrer Ehe.

Mallnitzer legte das Buch beiseite, stand auf und ging auf den Flur hinaus, von dort in die Küche, dann ins Bad und weiter ins Schlafzimmer. Er öffnete den Kleiderschrank, musste sich auf die Bettkante setzen. Er schloss die Augen und sah, wie seine Frau zwei Reisetaschen mit dem Nötigsten vollstopfte, gut eine Woche später hatte sie bereits eine neue Wohnung gefunden und den Rest ihrer Sachen abgeholt. Mallnitzer wusste nicht, was ihn mehr schmerzte, dass er sie nicht zurückgehalten hatte oder dass sie nun in jenem Stadtteil lebte, in dem sie immer schon wohnen wollte.

Entgegen seiner Behauptung hatte er nie wirklich vorgehabt, die Stadt zu verlassen, allein die Beliebigkeit, mit der er Ortsnamen austauschte, ließ darauf schließen, wie wenig ihm an einem Umzug lag. Stets waren es Metropolen, in die es ihn gedanklich verschlug, ein Leben auf dem Land, für ihn undenkbar. Auch Landschaftsschilderungen in Büchern überlas er, die Blumen seien doch künstlich, sobald sie in Sprache aufblühten, so seine wenig haltbare Argumentation, der zu widersprechen seine Frau einfach müde geworden war. Seine Freunde gingen solchen Gesprächen ohnehin aus dem Weg, einzig Möllthaler hatte ihn darauf hingewiesen, dass die Künstlichkeit nicht vom Gegenstand der Betrachtung, sondern von Letzterer Mittel abhänge. Damit hatte er ins sprichwörtliche Schwarze getroffen, was Mallnitzer zwar wusste, sich aber genauso wenig eingestehen wollte wie die Tatsache, dass er sich nur noch Phrasen andiente. Als ihm Möllthaler einmal von einem Wochenendurlaub in Berlin vorgeschwärmt hatte, war sich Mallnitzer nicht zu blöd gewesen, vor seiner Frau ein Lied anzustimmen. „Der Koffer bist du", hatte sie ihn ausgelacht, ein Wortwitz, den Mallnitzer noch jetzt als ihrer unwürdig empfand.

Nein, er hatte die Stadt nicht verlassen wollen, seine Koffer standen hier, im Nirgendwo, das sich mit ein bisschen Bildungsbürgertum immerhin als Utopia übersetzen ließ. Und inkludierte dieses nicht auch die Vorstellungen, mit denen er und seine Frau vor Jahren angetreten waren, war es nicht zugleich Fangschlinge? Er konnte die Stadt nicht verlassen, die Häuser würden ihm nachlaufen, die gemeinsam gegangenen Wege, in jedem Café würde er jenes wiedererkennen, in dem er sich mit seiner Frau getroffen hatte.

Mallnitzer ließ sich aufs Bett zurückfallen und jener Satz, den er zuvor gelesen hatte, kam ihm in den Sinn, Boethius hatte Recht, wenn er sagte, in jedem widerwärtigen Schicksal sei das die schlimmste Art des Unglücks: glücklich gewesen zu sein.

Es war kurz nach Mitternacht, wer mochte um diese Zeit noch klingeln? In Frage kam eigentlich nur Möllthaler, der oft spät nachts bei ihm aufgetaucht war, seitdem er jedoch in Wien – Mallnitzer hielt den Atem an, den Gedanken, man könne ihn vom Schlafzimmer bis vor die Tür atmen hören, fand er aber plötzlich so abwegig, dass er gegen ein Lachen ankämpfen musste. Er kramte sein Mobiltelefon aus der Hosentasche, schrieb Möllthaler eine Nachricht, die dieser mit einem Anruf beantwortete. Rasch unterdrückte Mallnitzer den Klingelton.

„Warum flüsterst du denn?", fragte Möllthaler, dämpfte dabei selbst die Stimme: „Natürlich bin ich in Wien." Er ließ dem Satz ein Seufzen folgen.

„Was ist los? Heimweh?"

„Du weißt ja, wo Wien am schönsten ist", entgegnete Möllthaler, „auf Postkarten, und ja, ich will wieder zurück." Seine Liebste nehme er mit, irgendwann werde er sie schon überzeugen, das wäre nur eine Frage der Zeit.

„Wäre oder sei? Oder: Ist es etwa gar nur eine Frage der Zeit", unterbrach Mallnitzer.

„Leck mich doch am Arsch, du mit deiner Grammatik!", brüllte Möllthaler und legte auf.

Am folgenden Morgen erwachte Mallnitzer zeitiger als gewohnt und störte sich daran, da Sonntag war und er hätte ausschlafen können. Das nächtliche Gespräch mit Möllthaler war ihm bis in die Träume gefolgt, dort hatte er auch die Kollegin Katsch getroffen. Sie waren in einen Zug nach Wien gestiegen und hatten im Abteil miteinander gevögelt, was ihm noch jetzt beim Frühstück ein schlechtes Gewissen verursachte, das seinen Höhepunkt fand, als er die Stimme seiner Frau am Telefon hörte. Sie müsse die für heute geplante Wanderung verschieben, es wäre ihr etwas dazwischen gekommen. Was, sagte sie nicht, aber der Konjunktiv – „Du irrst, mein lieber Möllthaler", raunte Mallnitzer über den Küchentisch, als säße ihm sein Freund gegenüber, „du irrst dich gewaltig, mir geht es nicht um Grammatik, mir geht es um –"

Mallnitzer räumte den Tisch ab und erinnerte eine Diskussion, die er vor Jahren mit seinem Freund geführt hatte. Es war um Austriazismen gegangen und Möllthaler hatte sich darüber ereifern können, dass mancher Österreicher ein Wort wie Spüle in den Mund nehme, wo man doch hierzulande Abwasch sage. Mallnitzer hatte der Aussage damals alles abgewinnen können, nun aber empfand er sie als provinziell und lächerlich. Provinziell wie die Stadt, in der er lebte, und deren Einwohner Reden, die in ihrer Provinzialität nur noch übertroffen wurden von jenen, die annahmen, ein Ortswechsel würde sie aus der Provinz entlassen. Er dachte an den Anruf seiner Frau, griff zum Mobiltelefon.

„Die Worte provinzialisieren uns, wir stecken unser Leben mit ihnen ab, die Liebe, die Lüge, mit jeder Silbe tun wir das, so wird das einst Eigenständige einer Herrschaft unterstellt, der wir so wenig auskommen wie uns selbst, jedes Beben in den Gedanken zeichnet die Sprache auf, noch die kleinste Fraktur, und ehe wir's bemerken, ist der Wortbruch bereits vollzogen, kapierst du das denn nicht."

„Hättest du geschwiegen, hätte ich es eingesehen", erwiderte Möllthaler.

Mallnitzer ließ den Hörer sinken, während sein Freund weitersprach: „Das sagte meine Liebste vorhin, als ich sie davon überzeugen wollte, mit mir wegzuziehen von Wien, ich hatte ihr die Stadt so schlecht geredet, wie ich nur konnte, und erst damit geendet, als sie mich mit dem Satz umarmte. Sehr philosophisch, nicht?"

Da ist Trost im Menschen, dachte Mallnitzer, indes sein Freund: „Bist du noch dran?"

Mallnitzer warf das Telefon ins Waschbecken, sah, wie es zwischen Tassen und Tellern absoff, ging ins Wohnzimmer, zog das Lesezeichen aus dem Boethius, zerriss es. Dann auf den Gang hinaus, er nahm den Mantel vom Haken, hörte die Wohnungstür ins Schloss fallen, drehte sich widerwillig um – ein Zettel. Er erkannte die Handschrift sofort, also war sie gestern Nacht hier gewesen, wer hätte das gedacht. Einen einzigen Satz hatte sie aufgeschrieben, kindlich die Buchstaben, akkurat wie ihre Eintragungen ins Klassenbuch. Wieder und wieder las Mallnitzer: Wenn man nichts sagt, ist man nichts sagend, wenn aber nicht, ist man es erst recht.

Mallnitzer hatte den Sonntagvormittag am Flussufer verbracht, hatte den Zettel der Katsch zu einem Papierschiffchen gefaltet und diesem nachgesehen, bis es aus seinem Blick verschwunden war. Danach war er ins Altstadtcafé gegangen, hatte der Kellnerin auf die Frage nach seiner Frau den Boethius in die Hand gedrückt und ihr einen schönen Tag gewünscht. Wieder zuhause, hatte er den PC hochgefahren und seine Kündigung aufgesetzt.

Abends hatte ihm seine Frau eine E-Mail geschrieben, sie mache sich Sorgen, habe mehrmals versucht, ihn anzurufen. Bei ihm sei alles in Ordnung, hatte er geantwortet, sein Telefon sei baden gegangen, er schulde ihm aufrichtigen Dank dafür, ein Allerweltsproblem weniger. Darüber hinaus habe er einen typischen Kleinstadtsonntag verbracht und dem Mittelmaß eine Melange ausgegeben, sprich, sich selbst. „Mach dich nicht so groß, so klein bist du nicht", sie darauf, und er hatte es vermieden ihr zu antworten, um bloß nicht der Katsch das Wort zu reden.

Als er nun vor den zukünftigen Genügendbürgern stand und in ihre Gesichter blickte, war ihm, als starrten ihn gut zwei Dutzend Mölllthalers an. Er zog das

Kündigungsschreiben aus der Jackentasche, hörte die Schüler in Befürchtung eines unverhofften Tests aufstöhnen. „Durchs Reden kommen die Menschen zusammen, die Sprache trennt sie wieder, was haltet ihr von der Aussage?", fragte er in die Runde. Eine Schülerin zeigte auf, „kommt drauf an, was einem wichtiger wäre, die Sprache oder die Menschen." Ob sie glaube, was sie sage, hakte er nach, „klar doch", erwiderte sie, und Mallnitzer vermied es, sie zu korrigieren, spürte, wie ihm etwas aus den Händen glitt, und nicht das erste Mal.

Schusstechnik

Die Kopfhörer enorm, sich nicht von ihnen trennen zu können, jedoch das Problem. Reuz stand der Schweiß auf der Stirn. Sosehr er sich bemühte, die Riesendinger abzunehmen, sie schienen wie Saugnäpfe auf seine Ohren sich zu pressen. Er hetzte vor den Spiegel, Bestürzung im Blick, an den Hörern riss er, nichts. „Das darf nicht wahr sein", stammelte er, setzte sich, schoss wieder hoch. Alles, was ihm die Verzweiflung absonderte, brüllte er aus sich heraus, lief ins Wohnzimmer, schloss die Vorhänge. Für Momente fühlte er sich besser, ehe ihn erneut Panik erfasste, sein Herz raste. Schwer ließ er sich ins Sofa fallen, Staub wirbelte auf, er schlug die Hände vors Gesicht.

Sollte es ihm etwa so ergehen wie jenem, von dem die Zeitung neulich groß berichtet hatte? Er sah die Überschrift deutlich vor sich: *Atmungsaktiv ein Leben lang*. Im Artikel war von einem Mann die Rede gewesen, der mit seiner Hochalpinjacke verwachsen war. Was hatten sie nicht gelacht im Büro, allen voran die Frauen, als wüsste eine jede zu erzählen von Trägern solcher Jacken mit Unterarmventilation, integrierter Webcam und strahlenabweisendem Schlafsack, der zur selbstklebenden Rettungsdecke werden konnte, wenn es die Situation erforderte, USB-Stick im Ärmel, auch als Fischentschupper zu verwenden, man wusste ja nie.

Vorsichtig tasteten seine Finger sich ohrenwärts, ein gellender Aufschrei, gefolgt von einem Trommelwirbel auf dem Couchtisch. Reuz beließ es dabei, als die Fäuste ihm wehtaten. Zu kurz lenkte ihn der Schmerz ab, Fassungslosigkeit schickte ihn ins Bad.

Nicht einen Millimeter bewegten sie sich, er versuchte, mit den Fingern unter den Schaumstoff der Hörer – ging nicht. Mit Seife vielleicht, bekanntlich ein gutes – keine Chance. Nun erst bemerkte er, dass die Musik noch lief, er schaltete den Player aus. Sein Unterkiefer zitterte, Reuz sah, wie sein Gesicht zur Fratze gerann. Seltsame Laute krochen aus seinem Mund, als verengten ihm die Worte den Hals, plötzlich aber schwappten sie wie ein Brechschwall über seine Lippen. „Warum ich", keuchte er, „warum ausgerechnet ich!"

Zurück ins Wohnzimmer, das durch die geschlossenen Gardinen gleich muffig wirkte. Davor die samtgraue Sitzgarnitur, der massive Holztisch, die beiden Elefantenärsche, wie ein Freund die ausladenden Sessel einmal genannt hatte. Reuz öffnete mit Schwung das kürzlich eigenhändig zusammengeschraubte Sideboard, Lackgeruch fuhr ihm scharf in die Nase. Auf ein Glas verzichtete er, setzte wiederholt die Cognacflasche an. Rasch breitete sich Wärme in seinem Körper aus, der Alkohol erleichterte ihm das Atmen.

Seit seinem Vierziger vor drei Wochen hatte er nichts mehr getrunken, „der verdammte Geburtstag", fluchte er, sein Brustkorb hob und senkte sich wieder schneller. Nach Büroschluss hatte er mit den Kollegen angestoßen, sie dann zu einem Fest eingeladen. Neununddreißig wurde man auch nur einmal, aber mit der Vier im Trailer war man die Sorge, jung sein zu müssen, endgültig los. Allein seine Mitarbeiter hatten nicht mitgespielt, sich etwas Besonderes als Geschenk ausgedacht, wie er sie jetzt hasste dafür. Hatte er etwa darum gebeten, dass sie ihm einen dieser bescheuerten Bügelkopfhörer schenkten? Die seien *in*, zudem gesund, würden den Gehörgang nicht verstopfen. So ein Schwachsinn! Vollspann in den Elefantenarsch, eine Wolke stieg auf, und nochmal, er jaulte. Diese Schallbüchsen erinnerten ihn an die Kindheit, an läppische Ohrenwärmer aus Plüsch.

Gedämpft hörte er das Telefon klingeln, wollte danach fassen und begriff: Von nun an hätte auch sein Festnetzanschluss ausgedient. Er wunderte sich über die Klarheit des Gedankens, und indem er dies tat, packte ihn blankes Entsetzen. Er nahm einen kräftigen Schluck, seine Bewegungen eckig, kaum schaffte er es, das Handy mit dem Kopfhörer zu verbinden.

Der lasse sich als Headset verwenden, habe ein Freisprechmikro am Kabel, hatte ein Kollege geschwatzt und auf die Hightech-Geräuschreduktion verwiesen. Ach, wenn er den vor sich hätte, ein paar in die Fresse, links, rechts!

Reuz fasste sich an die verspoilerten Ohren, heulte auf, der Kopfhörer gebe die Bässe druckvoll wieder und sei auch nicht zu zaghaft bei den Höhen, hatte ein Zweiter gesagt. Tränen standen ihm in den Augen, zu solcherlei Schmarrn verstiegen sich nicht mal Wochenend-DJs, die an Reglern herumfummelten und vom Klangbild faselten. Auf dem Couchtisch Zeitungen, Prospekte, der Artikel fiel ihm wieder ein. Das Leben sei unbestritten eine Entdeckungsreise, hatte der Journalist geschrieben, ob es aber viele nicht mit einer Polarexpedition verwechselten, müsse man sich mit Blick in so manche Fußgängerzone schon fragen. „Wer zur Hölle braucht Kopfhörer mit Technologien, die für Piloten entwickelt wurden", kreischte Reuz, sank im Sofa zurück. Er starrte an die Decke, die immer schneller zu kreisen begann, stemmte die Fersen fest in den Boden. Die Flasche wie einen Steuerknüppel in Händen, schlief er ein.

Als er um Stunden gealtert erwachte, war seine Miene im Gestern geblieben. Mechanisch trieb es ihn in die Küche, wo er im Stehen die Pizza verschlang, die er sich am Vorabend mitgenommen hatte. Schon forderte der Darm sein Recht, Reuz kicherte irr, lief doch alles in gewohnten Bahnen. Er zog die Spülung und fühlte sich leer wie nie zuvor in seinem Leben.

Vorm Waschbecken wusste er nicht mehr weiter. Er blickte auf die Uhr, kurz vor acht. Nie hatte er werden wollen wie die anderen und war es dennoch geworden, so sehr, dass ihn die Schritte nun an den PC führten. Er schrieb dem Büroleiter eine Mail und log sich in einen grippalen Infekt. Sogleich erhielt er Antwort, unverzüglich eine Krankschreibung beizubringen, auch digital möglich. Reuz rief einen befreundeten Dermatologen an, kein Problem, entgegnete der, was er denn attestieren dürfe?

Vormittags suchte er Hilfe in diversen Internetforen, was er dort fand, steigerte sein Grausen ins schier Unerträgliche. User lol37 antwortete, solange der Sound passe, sei doch alles okay, hdf4 schloss sich ihm an, außerdem halte man sich auf diese Weise von vornherein alle Quatschköpfe vom Leib. Entweder begriffen die Deppen nicht, was er meinte, oder sie hatten ein noch weit größeres Problem. Bitternis ergriff ihn, die Kollegen säßen jetzt im Büro und brüteten über Kalkulationstabellen, während er zum Nichtstun verdammt war, ausgeschlossen, einfach nicht mehr dabei. Im Spiegel besah er sein Gesicht, das er nie gemocht hatte, die porigen Wangen und die breite Nase mit den zu großen Löchern, immerhin verdeckten die Kopfhörer seine – ein Schmerzlaut entfuhr ihm, sein Körper fing an zu zucken.

Um irgendetwas zu tun, trank Reuz eine Dose Bier, flugs dockte sie am Restalkohol im Körper an. Dann wie auf Federn in der Wohnung auf und ab, auch musste er sich eingestehen, die Saugnäpfe nicht wirklich zu spüren, wüsste er nicht zu genau, dass sie – rasch kippte er ein zweites Bier, schaltete den Fernseher ein, Jugendliche mühten sich nach Leibeskräften, Juroren von ihrem Geträller zu überzeugen, immer wieder die Einblendung, *Bitte nicht mehr anrufen!* Er dachte an die Geburtstagsfeier, die Karaoke-Darbietungen bis spät in die Nacht, er hatte *Call me* von Blondie gekrächzt und war irgendwann bei *Hey Ho, Let's Go* angelangt. Glücklich war er den Heimweg angetreten, hatte sich noch vor dem Einschlafen die Beschreibung des Kopfhörers durchgelesen. Wozu dieser einer statischen Krafteinwirkung von eineinhalb Tonnen standhalten können sollte, begriff Reuz bis heute nicht, dass der ultraflexible Kopfbügel TRX jedoch für Komfort beim Tragen um den Hals sorgte, hatte er schon tags darauf im Büro festgestellt.

Bilder des Jammers lieferte das Fernsehen nun, ein Mädchen, von der Jury ausgereiht, schniefte, Reuz spürte es bis in die eigene Nase. Schon schwenkte die Kamera um auf den nächsten Kandidaten, ein teigiges Gesicht mit garstig abstehenden Ohren, Reuz schaltete den Fernseher aus. Minutenlang fixierte er den Schirm, sprang plötzlich auf.

Zielsicher fanden seine Finger die Bünde der Powerchords, ein Riff ums andere hämmernd, preschte er durchs Wohnzimmer. Der Wechselschlag sei was für Hippies, höhnte er und bearbeitete in rasantem Downstroke seine Luftgitarre. Und indes er so wild drauflosmusizierte, seinem Instrument aber auch Balladeskes abluchste, in das er all sein Unglück verpackte, fiel sein Blick auf die immer noch zugezogenen Vorhänge. Er riss sie auf und stutzte: Eine Frau schlenderte die Straße entlang.

Kurz darauf verließ Reuz die Wohnung, schlenzte eine Aludose mit Effet vom Gehsteig in eine Toreinfahrt. Man musste nur so tun, als hätte man eine Gitarre in der Hand, wer wusste schon, wessen Ohren mit einem Bügelkopfhörer verwachsen waren. An der Fußgängerampel hatte er die Frau eingeholt und musterte aus den Augenwinkeln ihre Hochalpinjacke.

Relaunch, Schauraum sieben

Lunz sah immer schon ältlich aus. Früh fing man an, ihn zu siezen, und als ihm in der Tram das erste Mal der Platz angeboten wurde, war er noch keine vierzig. Die hohe Stirn überm runden Antlitz und sein fassförmiger Oberkörper waren ihm vom Vater mit auf den Lebensweg gegeben worden, seine Hamsteraugen folgten der Mutter.

Sein Blick könnte zum Problem werden, hatte man ihm einst beim Einstellungsgespräch eröffnet und ihn in Turbulenzen gestürzt. Denn seit seinem siebten Geburtstag, an dem ihm seine Eltern einen gemeinsamen Besuch im Naturhistorischen Museum geschenkt hatten, war ihm lediglich eins erstrebenswert gewesen: ein Messingplättchen mit seinem Namen am Sakkokragen. Oft hatte er seiner Martha von diesem schicksalsträchtigen Tag erzählt, und wie er abends aufgekratzt durch die Wohnung geflitzt sei, bis ihm sein Vater den Arsch versohlt, die Mutter ihn ins Bett verfrachtet habe. Dies erinnernd, sei er vor dem Personalchef gestanden, erschrocken bis ins Knie und doch wild entschlossen, allen Widrigkeiten zu trotzen. Dass er das geschafft habe, wundere sie nicht, allein sein Äußeres zeuge von Reife, wie sie bei jungen Männern selten sei, hatte sie dann wiederholt, und wenn er jetzt an Martha dachte, bereute er zutiefst, sie nicht mit dem Kopfkissen erstickt zu haben.

Metallgrau die Wand, einige Spindtüren spaltbreit geöffnet, die Kollegen würden kurz vor Dienstbeginn eintreffen. Lunz goss Tee aus der Thermoskanne, viel trinken, Marthas Rat. Wie oft er ihr doch gesagt hatte, das sei ihm unmöglich, wolle ja wieder raus, was er in sich hineinschütte. Drei Liter pro Tag, grausam! Die reinste Tortur für einen, der, die Beine leicht gegrätscht, die Arme hinterm Rücken und mit unbewegter Miene dastehen musste, stundenlang, oder den Besuchern zu folgen hatte, tunlichst unauffällig, von einem Saal in den nächsten. Ach, Martha, rasch überblätterte er die Todesanzeigen, deren Studium war ihm früher zweitliebstes Hobby gewesen. Die Ausschau nach bekannten Gesichtern, denen er nie mehr begegnen würde, das hatte zu seinem Wohlbefinden beigetragen. Lunz legte die Zeitung beiseite, ein Griff an den Krawattenknopf. An der Decke Neonröhren, geweißte Eisenverstrebungen. Ob der Schlips hält? Den Kumpeln wäre der Arbeitsauftakt vergällt. Er denke zu viel an andere, hatte sie ihm häufig vorgeworfen, er möge mal die Seele baumeln lassen.

Lunz nippte am Tee, eine Achtstundenschicht lag vor ihm, an die hundert Runden, eine zweistellige Kilometerzahl. Abends eine Flasche Bier zum Fernsehkrimi, spätestens dann wäre der Seele jeglicher Bewegungsdrang abhandengekommen.

„Fehlalarm", nuschelte Lunz ins Walkie-Talkie. Schüler des hiesigen Gymnasiums hätten versucht, den *Brüllenden Fisch* zu überschreien. Trotz seiner und des Lehrers Ermahnung, jawohl. Nein, Leinwand und Beamer seien unbeschädigt, der Kunst gehe es gut. Es handle sich um die Videoinstallation in Raum vier, jawohl.

Lunz steckte das Funkgerät ins Jackett, vor ihm aufgedrehte Schüler, niedliche Äugelein, johlte einer, großes Gelächter, und unverdrossen kreischte der Fisch: Mare nostrum! Blaues Licht wellte sich wie ein Vorhang über den Gesichtern, aus Boden-Düsen stiegen Seifenblasen auf. Der Lehrer grinste. Als er mit seiner Klasse außer Sichtweite war, fingerte Lunz nach der Taschenuhr. In zwei Minuten Ablöse. Wenn er Pech hätte, begegnete er der Truppe im nächsten Saal wieder. Er stöhnte, Mare nostrum, er musste mal.

Die halbstündige Mittagspause verbrachte er im Aufenthaltskeller, zwei Mitarbeiter waren zugegen, mit Wurstbroten und Sportseiten beschäftigt. Wiederholt griff sein Blick zur Decke, die Eisenverstrebungen entlang, stürzte ab über Pausbacken, Schweißperlen. Hastiges Kauen, flinkes Blättern. Ein bisschen Bewegung würde ihm nicht schaden, hatte seine

Martha gesagt und ihm an Weihnachten Teleskopstöcke geschenkt, Lunz im Trend, an ihrem Lachen war eine der Kerzen am Esstisch erloschen. Oft hatte er sich gesehen, ein Kissen in Händen, über sie gebeugt, ihr zuckender Körper, ein letztes Zittern der Schenkel.

Einer der Kollegen furzte, hob abermals das Gesäß, ohne von der Zeitung aufzublicken, biss der andere in einen Apfel. Lunz zog sein Stofftaschentuch aus dem Hosensack, schnäuzte sich, schaute an den Plafond. Er wischte sich über die Stirn, verschraubte die Thermoskanne, stand seufzend auf. Nein, nicht hier, in den Schauraum sieben würde er sich hängen, schaukelnd vorm Videoloop jenes Künstlers, dessen Arbeit dem Museum seit Wochen Publikumsströme bescherte. Dort beglotzten sie einen, der von ballernden Bassläufen begleitet durch eine Häuserschlucht lief und grölte, „see me walking like a monkey", zwei Sekunden Stille, dann: „Won't you fucking understand yo I am what I am." Und von vorn, vierhundertachtzig Minuten lang, in Dauerschleife. Lunz fuhr die Chipkarte übers Lesegerät.

Seit langem fühlte er sich als Waggon auf einem Verschiebebahnhof. Wohin würde man ihn nächstens transferieren? Über diverse Museen war er in der Pinakothek der Postmoderne angelangt. Die PiPo, hieß es, werde seiner Erfahrung gerecht. Erneut hatte man ihm den Wechsel mit allerlei krausen, aber gewogen vorgetragenen Argumenten nahegelegt. Je älter die Kunst, desto pubertärer der Antrieb, ihre Rahmenbedingungen einem Relaunch zu unterziehen. So sagte man jetzt, immer wieder begegnete Lunz dieses Wort, Relaunch. Spacke Typen mit bunten Brillengestellen wurden damit betraut, PR-Agenturen engagiert. Die Museen dürften nicht länger bourgeoisen Elitevereinen gleichen, schwatzten schicke Ladies, sie müssten besucherfreundlicher werden. Beim Personal herrsche erhöhter Handlungsbedarf, junge, attraktive Angestellte beiderlei Geschlechts sollten dem muffigen Image des Museumswärters ein Ende bereiten. Hatten leicht reden, die Weiber. Und dabei keine Ahnung, worauf es in seinem Beruf ankam. Unsichtbarkeit das oberste Gebot! Zugleich aber war Präsenz zu demonstrieren, auf dass kein Besucher sich bemüßigt fühlen könne, ein Kunstwerk nach persönlichen Vorlieben zu verschönern. Dieser Spagat zwischen Sein und Nichtsein war einem wie ihm, Franz Lunz, in die Wiege gelegt. Aber die Hungerknochen in den Designer-Hemden nuckelten abends beim Fernsehkrimi auch nicht an der Flasche, die brauchten die Seele nicht baumeln zu lassen, die hatten keine, und die fuhren noch nicht mal mit der Bahn. Zumindest traf er keinen von ihnen je am Bahnhof an. Und er war täglich dort.

Mare nostrum, der hat's auch nicht leicht, dachte Lunz, hörte den Fisch im Nebenraum brüllen. Einmal war er mit seiner Martha an der Adria gewesen, tagelang heftig gestritten hatten sie ob seiner Weigerung, das Unterhemd auszuziehen am Strand und die Socken. Ein Herr betrat seinen Aufgabenbereich, aus den Augenwinkeln beobachtete er ihn.

Schau dem Kunstfreund niemals in die Augen, er wähnt sich rasch eines Fehlverhaltens verdächtig. Das war die erste Lektion, die Lunz gelernt hatte. Museumsbesucher neigten zur Paranoia, unvergesslich die Alte, die ihn geohrfeigt hatte, vorm Tintoretto, im Kunsthistorischen damals. Sie fühle sich von ihm verfolgt, ein Strolch sei er, seine schmutzigen Gedanken kröchen ihm förmlich aus dem Blick. Und ganz zum Ergötzen der anderen Besucher, was hatten die nicht gelacht. Monatelang war sie ihm in Träumen erschienen. Solche Gesichter prägten sich ein. Lebte sie noch? Er müsste sich doch wieder mehr mit den Todesanzeigen beschäftigen. Ihm baumle ein Popel unter der Nase, versuche er es mal mit einem frischen Hemd. Er sei hier der Wachhund, was? Aus ihm wäre ein strammer Blockwart geworden, apropos, er habe einen Brunzfleck auf der Hose. Keine Woche ohne Beleidigung.

Mit dem Herrn stimmte was nicht. Seit Minuten bereits gaffte er in den *Wald der Zukunft*, rostige Stahlrohre, kreuz und quer in den Boden gerammt. Umrundete das Objekt, einen Satz in fremder Sprache vor sich hin murmelnd, immer denselben, wie Lunz nun feststellte, und dass darin wiederholt das Wort Lokus vorkam. Jetzt zog der den Mantel aus, warf ihn lässig über die Schulter! Täglich warnen musste man, eine Jacke in der Armbeuge, eine ruckartige Bewegung, das konnte Schäden in Millionenhöhe verursachen.

Ob er hier seinen Ort gefunden habe?
Lunz schaute verdutzt, verlagerte das Gewicht von einem Bein aufs andere.

Durchblutungsstörungen, geschwollene Knöchel. Aus keinem Beruf kam man heil heraus. Was aber hatte der vorhin gemeint? Lunz runzelte die Stirn, Farbkleckse an der Wand. Gewiss, er hatte dem Kunsthistorischen mit Wehmut den Rücken gekehrt. Dort war ein Schläfchen im Stehen schon mal drin gewesen, jeder Museumswärter, der auf sich hielt, beherrschte diese Technik. Auch war der Fantasie mehr Verlockung geboten, Engelsgesichtern Schnurrbärte aufzumalen oder einem Apostel Hörner.

Er heftete sich einem Paar an die Fersen, keine Aufsauger, solche gab es in der PiPo zuhauf, starrten minutenlang auf einen Rahmen ohne Bild und sogen Kunst in sich auf. Die beiden aber waren Schlenderer, klarer Fall, jene Sorte Besucher, die der Langeweile in Galerien entflohen. Vor Schlenderern war höchste Vorsicht geboten, die wollten durch einen Wärter nicht daran erinnert werden, was sie ins Museum trieb. Hier war Zehengang angesagt. Bei den zweien vor ihm sowieso – auf wen redeten die ein?

Um an ihnen vorbeispähen zu können, tippelte Lunz in gekonntem Wiegeschritt durch den Saal. Plötzlich drehten sie sich um, und einstimmig: „Hast du nichts Besseres zu tun!" Gleich per du, das waren ihm die Liebsten. Zum Glück gab es derer hier wenige, man fand sie eher in der Glyptothek, wo abgehackte

Gliedmaßen zum Schlechtwetterprogramm wurden, in dem überforderte Eltern ihn mit dem Nachwuchs verwechselten. Sein Arm federte hoch, Deeskalation, das hatte man ihm auf einem Lehrgang eingetrichtert, nur zielen, nicht schießen.

Das Paar zog kichernd ab, wo es gestanden war, ein Geldschein. Lunz wartete, seine Nase zuckte. Fingerknetend einen Schritt nach vorn, er bückte sich langsam, zupfte auf Kniehöhe an der Hose und fischte den Fünfer auf. Hatte Martha seine übertriebene Ehrlichkeit nicht bekrittelt? Jeden Groschen trage er zu Info und Kassa, sie sage ja nichts, wenn es sich um ein Portemonnaie handle. Und selbst da gebe es einen Ermessensspielraum. Wie oft habe sie sich vorgestellt, die Tageslosung im Café einzustreichen, und dann nichts wie weg, ein paar Tage Venedig, dorthin hätten sie doch immer gewollt!

Lunz schwitzte, normalerweise wäre er dem Paar sofort hinterdrein – Undank sei des Lunzens Lohn, hatte sein Vater immer gesagt. Keine Träne weinte er ihm nach. Auch der Mutter nicht. Noch am Sterbebett hatte sie abgebetet, er sei ein unheimliches Kind gewesen. Und hatte ihnen doch alles zu verdanken. Ohne ihr Geschenk hätte er Martha nicht kennengelernt. Täglich war er in der Mittagspause zu ihr gegangen, in die Museums-Cafeteria, wo sie gearbeitet hatte. Er müsste sie wieder mal besuchen. Schaffte es einfach nicht. Getraute sich nicht, sie anzuschauen. Die Augen konnten sterben. Der Blick nie.

„Hey, Lunz!"

Der geschasste Professor. Einmal die Woche kam er, verrückter Kerl, aber immer einen Flachmann dabei. Lunz ballte die Faust, steckte sie in die Hosentasche, ließ den Fünfer darin verschwinden.

„Hübsches Tänzchen, geschmeidig, alle Achtung."

Hatte der ihn etwa die ganze Zeit beobachtet? Lunz schluckte, sein Blick verfing sich im Dreitagebart des Gegenübers.

„Nun schauen Sie nicht so entsetzt, ich verrat nichts. Wobei – Ihre Kollegen, ein Scheibchen abschneiden könnten die sich von Ihrer Beweglichkeit."

Lunz lächelte verlegen, der musste es wissen, war Mitte vierzig und hatte bereits eine steife Unikarriere hinter sich, seine Worte. Besser ein Rauswurf als ein Nachruf aus lebensfernen Kreisen, diesen Kalauer habe er sich dem Dekan gegenüber nicht verkneifen können, hatte er erzählt. Mehr nicht. Und Lunz freute sich stets, wenn dieser Strubbelkopf hier auftauchte und ihn nicht als Requisite wahrnahm, seine Anwesenheit gar als Störung empfand. Und nicht von sich redete, wie andere Museumsgäste dies taten, wenn sie das Gespräch mit ihm suchten. Allerlei war ihm da begegnet, von der betrogenen Lehrersgattin bis zum Arzt mit dem Fremdgang-Syndrom. Oder dumme Fragen wie die vorhin.

„Sehen schlecht aus, Lunz, Sie sollten mal in einen der Züge einsteigen und nicht immer nur die Abfahrtszeiten studieren."

Er hatte ihm berichtet von seiner liebsten Beschäftigung, die ihn jede freie Minute am Bahnhof verbringen ließ. Unter Reisenden fühlte er sich wohl, dazugehörig auch. Nirgends gewann man einen besseren Eindruck von der Ziellosigkeit des Daseins als vor der Anzeigetafel, auf der ein Zug dem nächsten weichen musste, und bis er wieder an die Reihe kam, konnte einem die Welt zusammenbrechen. Von Martha hatte er ihm erzählt, von den Bildern, die ihm nicht aus dem Kopf wollten. Lunz nahm einen kräftigen Schluck, gab dem Dreitagebart den Flachmann zurück und fragte: „Haben Sie hier Ihren Ort gefunden?"

„Längst", lachte der, „Schauraum sieben."

Er bewundere seinen Mut, sich täglich dem Gescheiterten zu stellen. Im Museum hänge nur das Unglück, dessen Gegenteil aber habe der Künstler als Idee von etwas vor Augen und er nehme es, so umfangreich und gelungen sein Werk auch sein möge, als sein bestes Bild mit in den Tod. Hatte der Professor einmal zu ihm gesagt. Lunz sah ihm nach und dachte an Martha. Kaum sechs Monate von der Diagnose bis zur Beerdigung.

„Bitte Abstand halten." Eine Frau mit Töchterchen an der Hand. Betraten Kinder einen Saal, hieß das Alarm, alles wollten sie anfassen. Und war es ihm nicht ähnlich ergangen damals im Naturhistorischen? *Der Wald der Zukunft* erinnerte ihn an eines der Dinosauriergerippe. Die Eltern hatten ihn durchs Museum gezerrt, glichen jenem Besuchertyp, den er beständig antraf, rasch, rasch, und Programm abgehakt. Aber immer noch besser als die Klugscheißer, die sich wichtiger nahmen als das, was sie einer zumeist eingeschüchterten Begleitung mit großer Geste erklärten. Das Mädchen lächelte ihn an. Zum Ärger der Mutter, sie riss die Kleine weiter und fort vom Bild *Perspektiven sind Sinnestäuschungen*.

Kurz schloss Lunz die Augen, aus der Ferne ein hämmernder Basslauf, „yo I am what I am". Er hielt es nicht mehr aus hier. Ein Kollege, den er seit seiner Anfangszeit in der Mumiensammlung kannte und der irgendwann ebenso in der PiPo gelandet war, hatte ihm neulich erzählt, ein Gast sei auf ihn zugestürmt, um ihm stellvertretend für die Museumsleitung die Hand zu schütteln. Der nämlich müsse man gratulieren, durch ihr angestaubtes Personal unterstreiche sie die Modernität der Ausstellungsstücke zusätzlich. Der war neunundvierzig, drei Jahre älter als er! Und mochte sein Kollege auch um Jahre jünger wirken, was, wenn die PiPo einem Relaunch unterzogen würde? Wohin mit ihnen? In ein eigens mit ihnen eingerichtetes Museum? Als Teil einer Sonderausstellung mit Exponaten aus einer Zeit, in der ein Leben nicht an drei Worten abgehandelt wurde, Attraktivität, Midlife-Crisis, Demenz. Er stecke nicht in besagter Krise, hatte er einer hübschen Wärterin vor einigen Wochen bekundet, in einer viel tieferen stecke er, seine Frau sei ihm gestorben.

Lunz fasste sich an den Hals, „see me walking like a monkey", er betrat den Schauraum sieben. Seltsames Stelldichein, der Strubbelkopf im Gespräch mit dem Lokuskerl und dem Paar, das ihn vorhin so angefahren hatte. Verwunderlicher aber, die beiden drehten sich zu ihm um und winkten freundlich. Die Arme hinterm Rücken verschränkt, in leichter Grätsche die Beine, nahm er neben der Tür Aufstellung, schaute zur Decke. Wer nie über den eigenen Schatten springe, wisse nicht, dass er einen habe, hatte der Professor irgendwann gesagt. Der Bass knallte die Wände entlang, Lunz spürte ein Zittern in den Oberschenkeln. Ihm wurde heiß, an den Geldschein in der Hosentasche dachte er, und dass von Raum sieben ein Quergang zu Info und Kassa führte. Dort arbeitete seit heute Morgen eine junge Aushilfskraft, die ihn respektvoll gegrüßt hatte. Er machte sich auf den Weg und trat beherzt an den Schalter.

Als Lunz das Museum verließ, fühlte er sich jung wie seit Jahren nicht. Er eilte Richtung Bahnhof, er würde auch heute nicht zu Marthas Grab gehen, musste er nicht, sie war in seinem Kopf, sie lebte. Ihren letzten Wunsch hatte er nicht erfüllen können, dass er dem Schrecken ein Ende bereite, den unerträglichen Schmerzen. Aber einen anderen, den würde er ihr erfüllen.

Er sei hier der Aff' vom Dienst und selbst für solcherlei Botengänge zuständig, hatte er an der Kassa gesagt, der Chef wolle einen Einblick ins Tagesgeschäft. Bereitwillig war ihm das Geld ausgehändigt worden. Heute war wenig los gewesen, der Umsatz gering, aber für eine Fahrkarte nach Venedig reichte es. Plötzlich blieb er stehen, die Teleskopstöcke, er musste sie unbedingt mitnehmen, und wenn er der

Erste wäre, der in der Lagunenstadt mit solchen herumliefe. Er blickte auf die Uhr, kurz nach drei. Das war zu schaffen, wann der nächste Zug nach Santa Lucia abginge, wusste er genau. Auf jeden Fall, bevor das Museum um fünf Uhr schlösse.

Er fuhr ein Stück mit der Tram, dann im Laufschritt durchs Treppenhaus vor die Wohnungstür, zwei Polizisten nahmen ihn in Empfang. Er solle keine Schwierigkeiten machen. Hatte er nie vor, Lunz lachte übers ganze Gesicht, „won't you fucking understand", laut sang Martha aus ihm, „yo I am what I am."

Emira und das Meer

Während sie Waren über den Scanner zog, die sie nie kaufen würde, war Emira bereits so manches begegnet. Die Atemfahnen der Säufer aus dem nahen Park, für die sie so wenig Mitleid empfinden konnte wie für die Kinder, die sich vor ihren Augen von entnervten Müttern Schellen einfingen und die ihr freilich bei weitem lieber waren als Groschenklauber, die immer dann für einen Stau an der Kassa sorgten, wenn sie dringend zur Toilette musste. Menschen, die selbst ein Päckchen Kaugummi mit der Kreditkarte bezahlen wollten, billigte sie so lächelnd wie jene, die ihr herablassend erklärten, sie würden als Aktion Ausgepreistes prinzipiell nicht kaufen. Als ihr aber nun ein Kunde sein Telefon hinhielt, wusste sie kurz nicht, wie reagieren. Wer um alles in der Welt mochte bei einem ihr Unbekannten anrufen, um sie zu sprechen? Zögerlich griff sie nach dem Handy, sagte mehrmals

Hallo und ihren Namen. Ob sie geistig zurückgeblieben sei, herrschte der Kunde sie an, er habe es eilig, sie solle sich nicht so dumm anstellen. Emira sah ihn fragend an, er riss ihr das Telefon aus der Hand, krallte ein paar Münzen aus der Hosentasche, warf sie ihr hin. Ob sie auch zum Abzählen zu blöd sei? Und als glaubte er in einem der Gänge zwischen den Regalen den Filialleiter, schrie er: „Schulen Sie Ihr Personal!" Wenn es schon vom Balkan kommen müsse, solle es sich wenigstens mit hiesigen Gepflogenheiten vertraut machen. Das sei ihm ja noch nie passiert, dass er nicht mit seinem Handy bezahlen könne, schimpfte er und verließ das Geschäft.

Seit sieben Jahren arbeitete Emira nun im Supermarkt, mit neunzehn hatte sie hier angefangen. Wenn in den Häusern ringsum neue Kunden einzogen, registrierte sie das sofort, mit manchen wechselte sie freundliche Worte, andere wiederum waren ihr egal. Auf die Liste der Unausstehlichen aber würde sie den Handymann setzen, er war heute das erste Mal bei ihr an der Kassa aufgetaucht. Sie ärgerte sich noch über ihn, als sie nach Schichtende aufs Fahrrad steigen wollte und plötzlich auf dem Parkplatz hinter dem Geschäft einen Einkaufswagen erblickte, in dem sich etwas bewegte. Langsam ging sie darauf zu, erschrak: Im Wagen saß eine Frau mit zerrupftem Haar und schaute sie verwirrt an. Ob sie helfen könne, fragte Emira, die Frau kicherte und fing unversehens an zu weinen. Im Supermarkt kein Licht mehr, die Polizei informieren, das wäre wohl das Beste, dachte

Emira, wählte die Notfallnummer. Gähnend hörte ihr ein Beamter zu, sagte allerhand Unverständliches und fragte nach ihrem Namen. Den kenne sie nicht, antwortete sie. Na, sie werde hoffentlich wissen, wie sie heiße, erwiderte der Polizist gereizt. Und was die Frau im Einkaufswagen betreffe, eindeutiger gehe es wohl nicht, die sei aus dem nahen Altenheim ausgebüxt. Sie möge also nicht lange die Leitung besetzen und –

Emira schob den Wagen vor sich her, zuweilen drehte sich die Frau glucksend zu ihr um. Bald sei sie wieder zuhause, säuselte die Alte, während Passanten keinerlei Notiz nahmen von der seltsamen Fracht. Durch ein großes Portal mit Schiebetür und dahinter von einer Pflegerin abgefangen, sie entriss Emira den Einkaufswagen und schlurfte dahin.

Als Emira später ihrem Mann davon erzählte, sah der sie müde an und sagte, er habe Hunger. Nach dem Essen wollte sie abermals auf die Begebenheit zu sprechen kommen, er zielte mit der Fernbedienung auf sie, „ein anderes Programm", fluchte er, ihm sei jetzt wirklich nicht nach solchen Geschichten.

Tags darauf das Gleiche, auch am übernächsten Abend. Mittlerweile verzichtete Emira auf einen Anruf bei der Polizei, griff sich nach Arbeitsende den Einkaufswagen und wurde immer von derselben Pflegerin empfangen. Die sei eigens dafür angestellt worden, vermutete Emira, was sie als gutes Zeichen erachtete. Nur die Insassen der Wägen waren beständig andere, einmal ein Einarmiger mit Hut, dann ein nach Pisse stinkender Zausel. Und heute eine Frau im Kostüm, die „Es klappert die Mühle am rauschenden Bach" trällerte, indes Emira mit ihr im Gepäck die Flusspromenade hinabrollte und sich furchtbar giftete, weil eins der Rädchen blockierte. Sie entschuldigte sich bei der Alten für die holprige Fahrt, wurde mit einem warmen Blick entlohnt und dachte mit Wehmut an ihre Großmutter. Ihrem Mann erzählte sie davon nichts, der hatte ihre Familie nie gemocht. Sie aber liebte ihn, und wenn er Samstagabend drei Biere intus hatte, schlief er mit ihr.

Sie bewohnte mit ihm eine Zweizimmerwohnung, mit kleinem Balkon und Küchenblock. An dem hatte sie sich des Hausfriedens willen nun gehörig zu sputen, denn die Transporte kosteten Zeit. Ihre fünfte Fuhre war ein schluchzender Kahlkopf, die sechste eine Frau, der das Gebiss an einem Band vor der Brust hin- und herschaukelte, wenn sie sich verstörten Blicks nach Emira umsah. Eine andere Pflegerin erwartete sie, eine kurze, aber kräftige Frau mit imposanter Oberweite, auf Herzhöhe ein Button mit lächelnder Sonne über dem Namen Renate. Der Ansteckknopf beruhigte Emira vollends, sie winkte der Zahnlosen im Wagen nach.

Am folgenden Morgen jedoch hatte sie mit ihren Kolleginnen beim Filialleiter anzutreten. Es komme in letzter Zeit zu unschönen Fällen wiederholten Einkaufswagendiebstahls, sämtliche Geschäfte der Kette seien davon betroffen. Alle Mitarbeiter seien dazu aufgerufen, mit erhöhter Aufmerksamkeit durch die Straßen zu gehen und bei Sichtung eines betriebseigenen Wagens unverzüglich Meldung zu machen. Und ehe Emira etwas sagen konnte, polterte der Chef: „An die Arbeit, fürs Rumstehen werdet ihr nicht bezahlt!"

Aufgrund der großen Anzahl von Überstunden nahm Emira eine längere Mittagspause und besuchte ihre Mutter. Sie erzählte von der abendlichen Zusatzbeschäftigung, die Mutter schüttelte den Kopf, sie habe sich auch nie an die ansässigen Bräuche gewöhnen können, denke oft an Sarajevo. „Arbeite nicht so viel, mein Kind", gab sie ihr mit auf den Weg und einen guten Rat. Dennoch rief Emira abends bei der Polizei an, als ihr ein Weißhaariger aus rotunterlaufenen Augen entgegenblickte und, Mutti klagend, mit beiden Händen am Gitter des Einkaufswagens rüttelte. Sie schilderte dem Beamten die Situation, der unterbrach mitten im Vortrag. Er wiederhole sich ungern, habe sie schon einmal dahingehend belehrt, dass der hiesige Apparat für derartige Lappalien nicht zuständig sei, man stehe täglich an ganz anderer Front. Der Ozean des Verbrechens sei tief. Der Alte schnappte nach dem Telefon und plärrte hinein, „Mutti, ich bin's, Mutti!"

Sie redete tröstlich auf ihn ein, während sie das Ufer entlangrumpelten, vorbei an einem sich küssenden Paar und Jugendlichen mit dicken Zigaretten. Ein Radfahrer überholte sie, mit verstöpselten Ohren keuchte eine Joggerin ihrer Wege, ein Hund sprang am Wagen hoch, „lass das", pfiff der Halter ihn zurück. Im Altenheim angekommen, fasste Emira sich ein Herz, mit fester Stimme sagte sie: „Renate, ich brauche den Einkaufswagen wieder." Die Pflegerin schaute entgeistert, das müsse sie erst mit der Leitung besprechen. „Ich warte", bekräftigte Emira. Bald darauf stand der Heimleiter vor ihr: „Gute Frau, Ihr Anliegen in Ehren, aber wir beanspruchen die Gitterwägen für den Weitertransport. Und jetzt raus hier, oder ich rufe die Polizei."

Sie ging nachhause, kochte was Feines, es war Samstag, doch ihr Mann schlief nach dem ersten Bier ein. Sie deckte ihn zu, strich ihm durchs Haar und küsste ihn auf die Stirn. Den Kopf an seiner Schulter, zappte sie durch die Kanäle, bis ihr die Lider schwer wurden. Im Traum begegneten ihr Kunden aus dem Supermarkt, die leere Einkaufswägen vor sich herschoben.

Nach Frühstück und Mittagessen folgte sie mit ihrem Mann einer Einladung zum Nachmittagskaffee bei Freunden. Sie fuhren durchs Gewerbegebiet am Stadtrand, er legte seine Hand auf ihr Knie. Aus dem Radio Musik, wie sie werktags nur im Programm nach Mitternacht gespielt wurde, Dahingeplätscher, das Emira ans Meer denken ließ. Und das Lied rieselte vorbei an ihrem Aufschrei und an den Flüchen ihres Mannes, fand sich in einem Refrain, als Emira noch einmal zurückschaute auf eine umzäunte Betonwiese, darauf hunderte Einkaufswägen, in denen sich etwas bewegte. „Nicht am Wochenende", sagte ihr Mann mit einem Mal gelassen und legte erneut seine Hand auf ihr Knie.

Montagmorgens überlegte Emira, ob sie gleich mit dem Chef reden sollte, entschied sich aber, ihm erst nach Dienstende mitzuteilen, wo die Einkaufswägen abgeblieben waren. Sie zog Waren über den Scanner, die sie nie kaufen würde, rümpfte vor den Fahnen der Säufer die Nase und ärgerte sich über die Groschenklauber. Als gegen Abend der Handymann mit gezücktem Telefon an der Kassa auftauchte, lächelte sie ihn an: Es sei ihr von der Geschäftsleitung untersagt worden, während der Arbeitszeiten zu telefonieren.

Figuren

Als Landmann den Eingang zu seiner Stammkneipe ansteuerte, hörte er eine Frau in seinem Rücken laut und deutlich sagen: „Arschloch." Allein die Möglichkeit, der Angesprochene zu sein, ließ ihn herumfahren, doch da war niemand. Die Stimme indes nah, ihm schien fast, sie zeichnete ein Gesicht in den Abend. Er atmete tief ein, drei Wochen war er nicht ausgegangen, hatte an seinem neuen Roman gearbeitet, war unzufrieden damit. Der Steinbruch, aus dem er Figuren meißelte, zu psychologisch. Er knöpfte den Mantel auf, betrat das Lokal und noch ehe er an der Theke Platz nahm, suchte er nach einem Namen für die Stimme, sah einen Mund, Wangen, dunkle Haare. Welche Augenfarbe? Er entschied sich für grün.

Der Barkeeper brachte ihm sein Menü, ein Bier, einen Grappa, eine Schachtel Zigaretten, und Landmann fragte die Frau, ob er sie auf ein Glas einladen dürfe. Sie sah ihn erstaunt an, legte den Kopf in den Nacken, sein Blick ihren Hals hinab tiefer, sie lachte: „Nun, da das Eis zwischen uns dünner geworden ist, sollten wir uns rauswagen in der Hoffnung, irgendwo einzubrechen, nicht?" Unbedingt, dachte er, las jedes Wort von ihren Lippen: „Was machst du, wenn du nicht gerade auf Titten starrst?"

Gellendes Gelächter, Prost, Prost und gratuliere, der Tisch nebenan in Feierlaune. Sätze flatterten durch die Bar, aufgesogen von leiser Musik, je später der Abend, desto treibender die Rhythmen und vordergründiger der DJ dann auch. Landmann suchte nach Worten, hinter ihm sagte jemand: Der Typ trage Trekkingsandalen und das sei noch das geringste Problem. Diese selbst an Sommertagen mit beigen Socken zu kombinieren, erfülle sein Dogma von den inneren Werten, über die er spreche, als gäbe es keine äußeren. Ausbaufähig, dachte Landmann.

„Klischee?" Sie holte ihn zurück in ihre Anwesenheit, hob die Braue, Ellbogen auf der Theke, zwischen den Fingern eine Zigarette, deren Rauchfäden bizarre Skulpturen in den Raum schrieben. „Absolut", sagte Landmann, „absolut." Denn nie und nimmer würde er das tun, sie schätze ihn völlig falsch ein, wie sie auf dieses schmale Brett komme, er und Titten, das gehe überhaupt nicht zusammen. Er würde ihr aber dahingehend beipflichten, dass ihm das Blödsein liege, für sein Leben gern würde er blöd sein. Das treffe sich gut, erwiderte sie, auch ihr sei das Blödschauen wichtig, generell, das Schauen sei ja so ungemein wichtig, wie es jedoch bei ihm ums Lesen stehe, das würde sie brennend interessieren.

Sie blies den Rauch zur Seite weg, im Regal hinterm Tresen diverse Schnäpse, er sah den Barkeeper fragend an, was der als Aufforderung verstand.

Lesen, also Lesen, sie möge es ihm nicht verübeln, er wolle sie nicht verärgern, aber Lesen sei doch die Voraussetzung schlechthin fürs Blödsein. Kein Blödsein ohne Lesen, kein Lesen ohne Blödsein, so einfach sei das für ihn, Lesen und Blödsein, da hätten sich zwei gefunden.

Ihre Hand überm Aschenbecher, sie dämpfte die Zigarette aus. In ihren kühnsten Träumen nicht hätte sie sich je ausmalen können, einmal jemandem zu begegnen, sie stieß ihr Glas an das seine, einmal wen zu treffen, der das Lesen in der Grundfeste erfasse, das mache sie glücklich, nachhaltig glücklich, sie stieß erneut mit ihm an, sie sei nämlich Schriftstellerin und –

Na, das sei aber mal eine Ansage, unterbrach er sie, der Nebentisch bestellte eine Runde, eine Schriftstellerin! Nie hätte er sich ausblöden können, einmal einer Grundfeste zu begegnen, die seine Leidenschaft fürs Schauen derart nachhaltig teile.

Ob er sie verarschen wolle? „Niemals", entgegnete Landmann. Ihr sei gerade der Gedanke gekommen. „Wie das?", fragte er. Sie sah ihn abwägend an, vielleicht sei es bloß ein dummer Zufall, wobei dumm nicht der treffende Ausdruck sei, vielleicht bedeute es auch mehr, er nickte eifrig, wobei Bedeuten ein ziemlich großes Wort sei, bei Bedeutung denke jede und jeder gleich an – er spürte ein Ziehen im Hinterkopf, sie wolle nicht lange herumreden, er fasste sich ans Genick. Das Schauen sei ihr immens wichtig, aber die Leidenschaft ebenso, und als er das Wort vorhin ausgesprochen habe, sei ihr geschossen, so viel an Übereinstimmung gebe es nicht und er habe sie auf den Arm nehmen wollen.

Seine Halswirbel knirschten, derart heftig schüttelte er den Kopf, „nicht doch", sagte er, sein Blick pendelte zwischen ihrer Hand und der seinen: „Noch ein Drink?"

„Willst du mich betrunken machen?"

Landmann taumelte, eine Schriftstellerin würde sicher einiges vertragen, presste er hervor, sah ihre in Empörung geschürzten Lippen.

Wie er auf dieses schmale Brett komme, die Schreiberei und das Saufen, das gehe überhaupt nicht zusammen, nie und nimmer, er würde das völlig falsch einschätzen, sie würde ihm aber dahingehend beipflichten, dass ein bisschen Blödsein jetzt nicht schaden könnte.

Ob sie ihn verarschen wolle? „Niemals", erwiderte sie. Ihm sei gerade – „wie das?", fragte sie.

Das Lokal mittlerweile brechend voll, Bässe brutzelten in den Boxen, ab und zu züngelte die Snare hervor, um wieder von der Drum eingestampft zu werden. Wer aus dieser Collage eine Harmonie herausfilterte, dachte Landmann, fände wahrscheinlich auch den DJ als Puppenspieler grandios, auf und ab wippende Köpfe, nüchtern betrachtet ein befremdendes Bild, für jeden Tauben ein apokalyptisches Gemälde. Sie griff nach einer Zigarette, er nach dem Feuerzeug, ihre Hand schneller. Ihr Gesicht flackerte auf, er schwitzte, „stickig hier drin", lachte sie und fächerte sich Luft zu.

Was für ein Blick voll Beobachtungsgabe, dachte Landmann, er bekam einen Ellbogen in die Rippen, vor allem eng sei es, sagte er, ließ sich ein Stück näher an sie treiben. Nun aber wurde ihm brühheiß, denn sie habe von Anfang an seine Art Abstand zu halten geschätzt, er stemmte sich mit aller Kraft gegen den Rücken hinter ihm. Andere würden sie mit Fragen zu ihrem Beruf anöden, sie wüssten nicht, dass die schreibende Zunft ungern über sich selbst rede. Abermals ein Ellbogenpuff, während sie ihm ihre Bücher nannte und die Preise, die sie damit eingeheimst hatte, brachte er sein Becken in Position und spannte die Bauchmuskulatur an. Ihre letzte Lesereise ein Erfolg und im Feuilleton nur Lobeshymnen, unmerklich sank er in die Knie, was keinerlei Entschädigung dafür sein könne, sich monatelang und täglich mehr als zehn Stunden für wahre Sätze abgerackert zu haben. Dabei gehe man schier der Welt verlustig, seine Miene verdunkelte sich, nein, er solle das nicht falsch verstehen, wenngleich sie sich freue, dass er mit ihr fühle, er holte aus, aber die Einsamkeit gehöre nun mal zum Beruf, sein Hintern wie ein Rammbock in den Arsch hinter ihm, freilich, mit ihrem Verlag sei sie überhaupt nicht zufrieden. Er kenne einen Kollegen von ihr, warf Landmann ein, im Übrigen ebenfalls ein wortkarger

Mensch, der nicht gern über seine Arbeit spreche, und der habe ihm auf den Satz genau das Gleiche geklagt, hinter ihm endlich Ruh.

Sie zog mit dem Finger den Rand ihres Glases nach, drehte sich ab und lächelte den Barkeeper an. Landmann stand wankend auf, warf sich den Mantel über, fasste nach seinem Hut. Er zahlte und verließ das Lokal, ihre Stimme folgte ihm vor die Tür, „Arschloch", sagte sie, er wandte sich nicht um. Lichtkegel rollten durch die Nacht, in seiner Kindheit hatte er in Autoschnauzen immer Gesichter erkennen wollen. Nun sah er sich im Garten seiner Eltern stehen, an den Füßen Trekkingsandalen, die damals noch nicht so hießen, im Nachbargarten ein Mädchen mit dunklen Haaren, ihre Augen grün.

Stecknadeln

Kühe, die dämlich glotzten, hie und da ein Kirchturm, um den sich Häuser scharten. Lea Lauter seufzte, jede Unebenheit des Straßenbelags spürte sie, hörte das Knarzen der Federn unter dem Sitz des Fahrers. Wie er sie doch gemustert hatte, als sie in den Bus eingestiegen war. Und nun ließ er kein Schlagloch aus, sie rieb sich die Schulter, Schlieren legten sich über die Landschaft. Hängende Mundwinkel zeichnete sie in die staubige Scheibe, Nase und Augen, zu viel an Lebenszeit hatte sie in dieser Gegend liegengelassen. Mit zwölf war sie das erste Mal ausgerissen, und vor Erreichen der Volljährigkeit sollte es ihr nicht glücken, ans Meer zu fahren. Gesehen hatte sie es zuvor täglich. Ihr Blick glitt die Berggrate entlang, sie lächelte und schlug mit der Stirn gegen das Fenster, als der Bus eine scharfe Kurve beschrieb. Zum x-ten Mal fluchte sie, wieder Rindsviecher, „die schönsten gibt es bei uns", einer der Sprüche ihres Vaters.

Der Morgen griff die Hänge herab. Verwitterte Zäune. Und jede Menge Maulwurfshügel. In der Kindheit war sie oft mit ihrem Bruder um die Wette gerannt, wem gelang es, mehr Haufen plattzutreten? Spaß gemacht hatte das, obgleich er meist als Gewinner hervorgegangen war. Groß die Hügel heuer. „Kommt ein strenger Winter", würde der Vater sagen. Augenblicklich schneite es, sah sie die Gipfel weiß glänzen, wieder grün. „Wie viel wiegt ein Berg?", hatte Felix gestern gefragt, ihr Bruder war immer für eine Überraschung gut. Sie rutschte tiefer in den Sitz, verschränkte die Arme vor der Brust und stemmte die Knie in die Vorderlehne. Sandfarben die Kämme jetzt, Buchten, in die das Meer brandete, eine Jugend lang hatten sie diese Bilder begleitet.

Kinder mit bunten Rucksäcken stiegen zu, feixten und besprachen Hausaufgaben. Lea setzte die Kopfhörer auf, Heustadel wackelten vorbei, perfekte Verstecke. Als Zwölfjährige hatte sie in einem dieser Schuppen ihre erste Zigarette geraucht und war dann davongelaufen, aus sicherer Entfernung die Feuerwehr beobachtend. Jahre später hatte sie ihren Bruder eingeweiht, sie sei nach wie vor eine Zündlerin, seine Antwort darauf, sie stecke Männer an, und ehe die sich versähen, sei sie auf und davon und der Vorhang gefallen.

Tankstellen, Supermärkte, das Tal weitete sich. Bald wäre es geschafft, läge nur noch die mehrstündige Zugfahrt vor ihr. Sie würde rechtzeitig in der Stadt sein, abends arbeiten gehen, das Leben liefe wieder in gewohnten Bahnen.

Nach der Schule war sie als Au-pair nach Frankreich gegangen, Marseille, das Meer so nah. Sie hatte ihre Sprachkenntnisse verfeinert, sogar bei einer Laientheatergruppe mitgewirkt. Eine gute Zeit, bis der Vater der in ihre Obhut gegebenen Kinder – hernach zu einer Familie in Paris, deren Wohnung im VI. Arrondissement unweit des Café de Flore, einst Treffpunkt der Pariser Avantgarde. Oft war sie ins Les Deux Magots und hatte sich vorgestellt, Verlaine, Rimbaud und Mallarmé säßen unter den Gästen, Jean-Paul Sartre und Simone de Beauvoir.

Auf die französische Literatur war sie durch Felix gestoßen, seine Vorliebe für Camus, alles sei absurd, doch im Wissen darum könne es gelingen, diesem Zustand beizukommen. Daran hatte sie denken müssen eines Abends vorm Eingang zum Jardin du Luxembourg, eine alte Frau wie im Ausruf erstarrt: „Place de Paris, place de rien", hatte sie geschrien. Und als Lea ihr die Hand auf die Schulter gelegt hatte, waren die Gesichtszüge der Alten in Bewegung geraten, gelächelt hatte sie und gesagt: „Tu peux toujours courir."

Einige Tage später ihre Rückkehr nach Österreich. Ihr Schauspielstudium hatte sie nach wenigen Semestern abgebrochen und aus Geldnöten angefangen, im Gastgewerbe zu arbeiten, war dort hängengeblieben. Zum Kummer der Eltern, sie habe ihr gebotene Chancen nie genützt, bereits als Kind die Familie mit ihren Launen tyrannisiert, alles beginnen, es aber nicht beenden wollen. Und überhaupt, Schauspielerin, das sei doch kein Beruf! Dieses Herumvagabundieren, kein Mann mache da mit, zumindest keiner mit ernsten Absichten. Im Dorf zerreiße man sich längst das Maul, hatte der Vater gebrüllt, eine Schlampe schimpfe man sie.

An ihrem damaligen Arbeitsplatz, einer Bar, hatte sie sich verliebt, war ihrem Verlangen nach Hamburg gefolgt, Spaziergänge durchs Portugiesenviertel und die Elbpromenade entlang, zu den Hafenkränen und Containern, die ihr wie übergroße Regentonnen im Sonnenschein erschienen waren – als hätte sie den Wetterumschwung damit heraufbeschworen. Die Beziehung hatte nach gut einem Jahr in einem Schwangerschaftsabbruch geendet. Noch heute war ihr manchmal, als spürte sie ein Ziepen unterm Nabel, anfallsartig Kopfschmerzen dann.

Leas Blick lief zwischen den Wartenden am Bahnsteig Slalom. *Tu peux toujours courir.* Sie hatte das zunächst wörtlich genommen, und klar doch konnte sie immer rennen. Später war ihr bewusst geworden, die Alte in Paris hatte schlicht ihre Ruhe haben wollen. Er sei sich da nicht so sicher, hatte Felix damals gesagt, komme auf die Situation an. Gleich nach der Beerdigung gestern war er abgereist, zurück nach London, wo er als Journalist lebte.

Endlich der Zug! Lea fand einen Fensterplatz, in ihren Augen sammelten sich Tränen, die ersten seit der Nachricht vom Tod des Vaters. Auf seinem Schoß sah sie sich sitzen, im Stemmbogen hinter ihm herfahren, den blöden Trachtenanzug mit den zu kurzen Hosen, den er bei ihrer Erstkommunion getragen hatte, seine wutverzerrte Fratze, als sie vom Abbruch – intensiver Schweißgeruch, der Schaffner. Sie kramte in ihrer Handtasche, Schminkutensilien, ein Kamm, mehrere Feuerzeuge – das Billett! Sie reichte es ihm, er stutzte, schob die Mütze höher. Ein roter Streifen auf seiner Stirn, Haare wuchsen ihm aus Nase und Ohren, über seine schwulstigen Lippen ein Pfeiflaut, sie sitze im falschen Zug. Lea schüttelte den Kopf. Sie wolle doch nicht nach Zürich, oder? Sie wusste nicht, was erwidern, natürlich wollte sie nicht in die Schweiz, stand ja auf ihrem Ticket, er grinste, schaute in ihren Ausschnitt, ein Schauer wuselte ihr über den Rücken. „Verpiss dich!", fuhr sie ihn wortlos an, sie müsse bei der nächsten Station raus, solle sich dort über Anschlüsse schlaumachen, sagte er und verließ das Abteil.

Ihr gegenüber saß eine Frau, verständnisvoller Gesichtsausdruck, das sei ihr auch schon mal passiert, Lea lächelte gequält, das half wenig weiter. Sie zog das Telefon hervor, um sich nach Zugverbindungen zu erkundigen, ein SMS von Felix. Seinen alten Kumpel Moritz solle sie grüßen, wenn sie ihn in der Nautilus-Bar treffe, und all die anderen aus der früheren Clique. Fassungslos ließ sie den Arm sinken, wie konnte er! Auch sie hatte kein gutes Verhältnis mit dem Vater gehabt, mit diesem herrschsüchtigen Mann, der gerne ausgeteilt hatte, nicht nur Worte. Aber Felix tat gerade so, als wäre nichts passiert, sie schaltete das Handy aus.

„Ärger?" Die Frau lächelte. Lea verneinte, sie hatte keine Lust auf ein Gespräch, dachte an Moritz, eine ihrer vielen Affären in den vergangenen Jahren. Bei ihr ging es immer schnell, kaum lernte sie wen kennen, richtete sie in Gedanken eine gemeinsame Wohnung ein. Mit Moritz war es anders gewesen, ihr Lebensgefühl erwidert hatte er, Place de Paris, place de rien, stundenlange Diskussionen darüber. In seiner Wohnung eine Landkarte an der Wand, rote Stecknadeln, die sie ins Blaue versetzt hatte, Bojen, das Wasser würde sie tragen, sie war sich sicher gewesen, war es immer noch. Ans Meer waren sie gefahren, ein Sommer in Griechenland. Kurz darauf die Trennung, kein Drama, und gerade daher schmerzhaft, ein Mensch, mit dem alles vorstellbar war außer ein Zusammenleben, weil auch er – „tu peux toujours courir", sprach sie leise vor sich hin, ihr Vis-à-vis schmunzelte, „on prend tous le même train", sagte die Frau, Lea lachte: „Da haben Sie Recht, alle im selben Zug sitzen wir." Schlechtes Gewissen plötzlich, der Vater, ihre Miene wurde ernst. Das Gesicht der Frau jäh zweigeteilt, der Schatten einer Bahnsteigüberdachung schlug ins Abteil, rasch griff Lea nach dem Gepäck.

Mit vierstündiger Verspätung erreichte sie ihr Ziel, bereits während der Fahrt hatte sie sich gefragt, ob sie nicht im Zug nach Zürich hätte bleiben sollen. Einmal erst war sie in dieser Stadt gewesen, mit ihrem damaligen Freund, einem Architekten. Der hatte in einem fort von den Fliegerstaffeln des Zweiten Weltkriegs erzählt. Später, in Wien, hatte sie verstanden, warum. Und noch jetzt sah sie in vielen Bauwerken der Sechzigerjahre Bombenruinen durchschimmern. Was wohl aus ihm geworden war? Nach der Trennung hatte sie ihn nie wieder getroffen.

Unschlüssig im Wohnzimmer auf und ab. Mittlerweile hatte sie ihren Arbeitgeber informiert, im Café sei momentan nicht viel los, sie könne sich ein paar Tage freinehmen, hatte er gesagt und sein Beileid bekundet. Sie steckte die Finger in die Hosentaschen, zog die Schultern hoch. „Wenn man kalt ist, friert man nicht mehr." Seit Tagen fiel ihr dieser Satz ein, ihre Hand am Bücherregal, an Felix dachte sie. Überreden hatte sie ihn müssen, zur Beerdigung zu kommen. Er habe nicht ihr Talent, sie sei eben eine gute Schauspielerin, vergeude ihre Fähigkeiten leider an ein Hinterhofensemble, von ihren Auftritten als Kellnerin zu schweigen. Sie hatte keinen Streit mit ihm gewollt, angesichts der Todesnachricht völlig überflüssig.

In einem der Bastkörbe am Boden Fotoalben, sie traute sich nicht, sie zu öffnen. Und was sollte das bringen? Bilder, die einen begleiteten und an die man sich gewöhnte, ein Anruf genügte und sie hingen größer als je zuvor im Bewusstsein. Die Wohnung unaufgeräumt, auf dem Couchtisch eine Dose Bier, ein halber Toast, eingetrocknete Mayo am Teller.

Sie ging ins Schlafzimmer, das Bett zerwühlt, überstürzt war sie aufgebrochen. Immer hatte sie das getan, alles liegen und stehen gelassen, sie gehe nicht durchs Leben, sie renne durch, hatte Moritz einmal gesagt. Sie rief ihn an. Seine Stimme fremd, sie legte unvermittelt auf, warf sich aufs Bett, weinte. Durch ihren Kopf rotierten Container, sie verschmolzen zu Gesichtern, die Alte in Paris, Felix, ihr Vater. „Tu peux toujours courir", sagte er, sagte er nicht, sie lief über eine Sandbank, die mit jedem Schritt sich ausweitete, Lea spürte ein Kribbeln im Bauch, eine Hand auf ihrem Rücken, sie schoss hoch, niemand da.

Taumelnd stand sie auf, in die Küche, sie rauchte eine Zigarette, trank ein Glas Wein. An der Wand eine Landkarte, Moritz hatte sie ihr geschenkt, samt roter Stecknadeln, sie lächelte. Das erste Treffen mit ihm, in der Bar mit den Bullaugen, ihr Stammlokal. Damals hatte ihr Vater gerade den ersten Herzinfarkt erlitten, war Felix noch nicht nach London übersiedelt. Und sie hatte abgeschlossen gehabt mit Hamburg, Marseille und Paris.

Lea öffnete die Tür, auf die kleine Dachterrasse hinaus. „Die Sehnsucht trat an einem Allerweltstag in mein Leben", das war ihr erster Satz auf einer Bühne gewesen, an der Côte d'Azur, vielleicht früher, sie wusste es nicht mehr. Ihr Becken fing an zu kreisen, die Schultern verfielen in einen Rhythmus, ein Lied, das nur sie hören konnte. Sternlos der Himmel, sie schloss die Augen, eine blaugefärbte Dunkelheit. Und plötzlich war das Meer nah.

Inhalt

Zwei plus eins 7
Die Meidlinger 19
Bellevue 31
Kalifornien 47
Tannertschok 57
Irgendwo in Deutschland 71
Samsas Erben 85
Windburgen 95
Der Fall Branzer 111
Traunstein 135
Das Gewicht 147
Full Shot 153
Fassbare Formen 167
Eine Melange im Nirgendwo 175
Schusstechnik 187
Relaunch, Schauraum sieben 195
Emira und das Meer 209
Figuren 217
Stecknadeln 223